微留学中的孩子

李哲琳 / 著

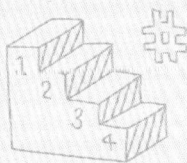

黄河出版传媒集团
宁夏人民出版社

图书在版编目（CIP）数据

微留学中的孩子／李哲琳著.—银川：宁夏人民
出版社，2015.7
ISBN 978-7-227-06074-1

Ⅰ.①微… Ⅱ.①李… Ⅲ.①散文集—中国—当代
Ⅳ.①I267

中国版本图书馆CIP数据核字（2015）第190335号

微留学中的孩子 　　　　　　　　　　　　　李哲琳　著

责任编辑　贺飞雁
封面设计　石　磊
责任印制　肖　艳

黄河出版传媒集团
宁夏人民出版社　出版发行

地　　　址	银川市北京东路139号出版大厦（750001）
网　　　址	http://www.yrpubm.com
网上书店	http://www.hh-book.com
电子信箱	renminshe@yrpubm.com
邮购电话	0951-5052104
经　　　销	全国新华书店
印刷装订	宁夏书宏印刷有限公司
印刷委托书号	（宁）0017797
开　　　本	880mm×1230mm　1/32
印　　　张	4.625
字　　　数	130千字
印　　　数	3000册
版　　　次	2015年8月第1版
印　　　次	2015年8月第1次印刷
书　　　号	ISBN 978-7-227-06074-1/I·1533
定　　　价	28.00元

序

　　每当我打开这本书稿，用心反复地去阅读这些文字时，儿子在加拿大读书的日日夜夜就变得那样清晰可见。

　　记得在加拿大学校的最后一周里，他的同学天天追着问他，"你一定要走吗？"等到最后一天时，同学们又抱着问他，"你什么时候还回来？"老师为他准备了完整的学业报告和可爱的小礼物，校长在就读证明上签了名字，大家共同留下了对他未来的祝福。我的内心时常被这些画面充盈着感动与感恩。

　　回想当初，我和先生做出决定，让儿子去加拿大BC省枫树岭市入住友好家庭生活，插班一学期入读加拿大小学时，我反复地问过自己，这个年龄段的孩子需要的是什么？头脑时而清晰，时而模糊。

　　随着时间的逝去，伴随着全家人的坚持与努力，如今这段经历真实而清晰地告诉我：书要他们自己认真地读，路要他们自己独立地走，家长越早放开手，越对孩子成长有好处。

　　这半年里，我在原有作为中加教育交流平台搭建者的身份，因为儿子的留学经历，又成为了一位小留学生的家长，双重角色的担当，再加上儿子在留学期间表现出的坚忍、好学、友善……让我深刻地解读了亲情的难舍和友情的珍贵，更加珍惜儿子"学人做人"成长变化中的点滴收获。不管未来如何，短短的留学经历都是他人生中最宝贵的财富。

我不再奢求他空谈理想，只希望他踏踏实实地先从做好平凡人开始，正如加拿大学校的校训："平凡的人，要有一颗善良、关爱的心，要有正义的行为，要成为一名谦虚的同行者。"

小树的根扎坚实了、扎正了，参天大树就是他的未来。

在这里，我要感谢我的母亲，从当初要求我用文字记录儿子留学历程开始，到后来，我的每一篇文字，她都要亲笔修改与点评，让我有机会幸福地成为了母亲一生教师生涯中，最牵挂和最自豪的学生。这本书渗透了我们祖孙三代人对教育的不同理解！

在这里，我要谢谢一路来关照儿子的朋友们，是他们的支持，让我有机会，从"纸上谈兵"转战成为了有着"实战经验"的留学生的妈妈，让我对我的职业有了重新的认定，我要做一位用"爱心"去规划孩子国际教育的好老师。

李哲琳

2015年5月于北京

目　录

请单飞吧

2014年3月，我们作出了送儿子9月份前往加拿大读书一学期的决定。同时也开始提前辅导他学习国内四年级上半学期的课程。

我把自己的工作日程作了精心地安排后，就向他讲了妈妈亲自送他前往加拿大的计划。一是出于母爱，陪他渡过初抵加拿大的适应期；二是完成夏令营团队的收尾工作和9月份新生的入位工作。

我对自己的完美安排沾沾自喜了许久，全家人也相安无事地度过了四个月。

随着出行日子的一天天临近，儿子的兴奋程度越来越膨胀。一天早上，我还在睡眼蒙眬的时候，他蹭地蹦到我的床前，睁着亢奋的双眼告诉我："妈妈，我梦到我去了加拿大。"我足足地看了他30秒。他仿佛根本没有看到我疑惑的表情。我简单地安抚了他几句，就上班了。

当我坐在办公室里静下心来，陷入了沉思中。依儿子的性格，向来比较任性。早晨的情景提醒我，他对去加拿大的期望值太高了。对于一个孩子，满脑子都是符合他心愿的大好事，一旦遇到不如意或困难时，他会不会控制住自己的情绪？会不会再演出"大闹天宫"的一幕来？

为了他好，只有先让他痛一次，让他有事情随时有变的心理准备才行。于是，我和他爸爸商量后，作出了让他单飞的决定。

第二天，当我们把修改后的决定告诉他时，他的反映十分平静，只说了一句"没关系，反正在国内我也是一个人飞来飞去到姥姥家。"瞬间，我一颗紧张的"小心脏"被他的话语抚平了，但我仍有些许的自责。

可当第三天再问他："你真想好了吗？"他居然反问我说："什么事，你和我讲什么事？"我的娘啊，这都是什么节奏。我重新再说一遍时，得来的回答是"坚决不行！你们不送我，我肯定不去。"看着他的样子，我真有些难过了，既犹豫又担心。只能拿出我的杀手锏，温和地告诉他，"面前只有两条路：一是不去，二是自己去。你可以再考虑一下，如果放弃了，就等于放弃了希望。"

就这样又过了几天，他突然告诉我们："我可以一个人前往加拿大。"我们立即夸他是爸爸妈妈的好儿子，勇敢有出息，并对他讲："友好家庭的加妈加爸会关心照顾好你，电话我们可以常联系，视频我们也可以常见面。"

收紧自己的东西

多年来，我无数次地到机场为留学生送行，看惯了那些激动的场面，听惯了千叮咛万嘱咐的话语。表面上看似乎习以为常，实际内心却兴奋紧张。今天送行学生中有自己的儿子，复杂的心情可以说无以言表。谁也不知道登机后会遇到什么，谁也难预料入关时又会发生什么？家长们的心就这样被悬吊在半空。

我们一家三口，还有为他送行的朋友，大家在候机大厅中给他鼓励，与他拥抱，和他合影。在大家的祝福中，他排在学生队伍中缓缓向入口处走去，我们不敢在他面前流泪，只是一个劲儿地向他微笑挥手。似乎他也满眼噙着泪水向我们不停地挥手，慢慢地、慢慢地，他的身影消失在我们的视线中。我的心一下子变得空落落的，一句祈祷"祝他们一路顺风"的心里话脱口而出。

我们开始计算时间了，等待他平安抵达温哥华的消息。夜间两点，飞机平安降落机场。儿子来电话说："妈妈，海关大厅人特别特别多，可能要排队等好久。"简短几句交流就挂掉了。又过了一个多小时，我收到同事的微信，说儿子入关时，不知把入境卡放在哪里了，他们正在帮他找。我的神经顿时紧张起来。过关对我们大人来说都是一件非常谨慎的事，更何况一个孩子。关键时刻找不到文件，弄不好会被移民局关进小黑屋的。我的焦虑剧增，血压上升。没过20分钟，电话里又传来"找到了"的好消息。此时，一场温哥华机场惊险片在我脑海里闪过。他们终于顺利过关了。

我能理解儿子在飞机上没有睡好的疲劳，也能感受到他在入关大厅的兴奋和激动。无奈，孩子是不懂丢失东西的严重后果的。这也许是他出国留学遇到的第一次考验吧！让他以后学会收紧自己的东西。

蜜月中的儿子

儿子离开我们的身边，独自一人前往加拿大求学，已经整整过去24小时了。一颗牵挂的心由此也系得越来越紧。我由不住酝酿了一下感情，拨通了友好家庭的电话。电话中，我感觉到他很高兴，告诉我，明天加妈和加爸要带他到维多利亚小岛度假3天。我叮嘱他把换洗衣物都带全。刚交代完，我还想再说几句，他就告诉我："妈妈，我不能再跟你讲了，我们正在玩，你说的事情，我明白，我会弄好的，再见啊！"这"白眼狼"的节奏是分分钟的事儿。

我们很感谢友好家庭在接待儿子时的日程安排，先带他去感受加拿大的自然风光，分散他想家的情绪，然后让他一步步融入新家庭的生活与学习中，希望他能理解和接受大家的关爱。

一整天，我除了正常工作事务外，满脑子不时跳出儿子在维多利亚岛尽情玩耍的一幕幕场景，牵挂的心放松了许多许多。我的同事笑着对我说："想儿子了吧！你儿子不会错的，放心吧。"虽是大家好心的安慰，但我长期留学工作的实践告诉我，好戏还在后头！从现在开始，我将面对的是一位儿子+留学生，自己的担子不轻啊！

想家就这样开始了

连续几天，他一直处于新鲜和兴奋中。昨天半夜12:00（温哥华早上9:00），他已经和加妈全家坐上开往维多利亚的渡轮，开始了三天的度假之旅。

渡轮要开两个小时才能抵达维多利亚。可能是闲得无事可做吧，他在渡轮上突然哭起来，开始和加妈表述他想妈妈。旁边好心的中国朋友用他的手机拨通我的电话，让他跟我通话。简短几句话后，我急忙挂掉又打了过去。先和加妈聊了几句，加妈安慰我不要担心，他的情况很好，想妈妈很正常。然后儿子接过电话，哭哭啼啼地向我表述，他很想妈妈，希望我马上去看他。我问他和弟弟玩得怎么样，他说："很好。"我问他吃的和睡的怎么样，他说："都不错，只是想妈妈和爸爸。"我立刻拿出我的配方给他治"相思病"，我用温和的话语告诉他，我们能感受到他想家的心情，这种感觉证明他很爱我们，我们也很爱他。但我们需要处理一下身边的工作，然后早点前往加拿大看他，让他知道我们也很想他。他还告诉我，他把自己的背包落在阿姨的车上了，里面有他心爱的书和钱包，还有一些零食，所以他有些担心。我告诉他阿姨会等他度假结束后第一时间给他送回去时，他的心情才平复了许多。然后，他用平静的语气说："妈妈我爱你，爸爸我爱你，把电话挂了吧。"矮马，这是电视剧吧！虽然我和儿子经常在家说这种爱来爱去的话，但今天第一次从国际长途的电话里听到，心里顿时暖暖的、酸酸的，眼泪夺眶而出。我隐隐地感觉到接受他情感跌宕起浮的日子开始了。

他毕竟不足10岁，只身一人进入一个陌生的家庭，需要多大的勇气和心理承受力啊！我只想告诉他，如果你不去经历，你就永远不知道自己需要什么。现在他唯一可以努力做的，就是尽早适应妈妈和爸爸不在自己身边的生活，只有接受了这个新环境，下一步才能融入这个新家庭和新学校中，才能在新的起点上起航。让我们都来祝福他吧。

给儿子英文学习打足气

"妈妈，今天同学说我的英文不好，我很没面子。"儿子来电话说。我说："这个太正常了，正因为你的英文不好，妈妈才送你到加拿大全英文环境中学习英文。学习上有什么困难，老师和加妈都会帮助你的，别有心理压力，你要相信你自己。"

随后，我又耐下心来，与儿子共同回顾了他在国内学习英语的经历：从小到大，他没有报过任何一个英语学习班，父母给他的只是一点点英文的启蒙教育。去年，他从公立学校转入北京忠德学校，插班考试中英语只得了10分。即使这样，都没有动摇我们送他到双语国际班学习的决心。真感谢那位最严厉的女外教老师，对他耐心地鼓励和严格地要求，再加上他的勤奋努力，三年级结束时，他的成绩竟然告诉大家，他可以做到和其他同学一样优秀。这次，儿子只身一人留学加拿大，也许是他上一次经历的复制吧。我们相信他的能力，我们不计较学习的起点，我们更看重他追逐过程中的付出与努力。

我还从多方面引导他，懂得学习多种语言的重要性。我以我的同事为例，很多人可以讲三四种语言，方便了工作；以南方学校为例，学生们普通话和粤语都讲得很棒；以我有时讲家乡话——内蒙古话为例，常常和亲友们攀谈起来，互相感到很亲切、很自然……

我要求他珍惜这次留学的大好时光。在学校和友好家庭中，要勇敢地用英文和大家沟通，虚心地向同学们学习，耐心地听老师的辅导……

总有一天，别人会说他英文讲得很好，让我们一起等候他英文进步的好消息吧！

在我们的国际交流工作中，常常会遇到留学生英语能力参差不齐的情况，有的学生表现在"听"上，有的学生表现在"说"上，有的学生则表现在"读写"上。无论有哪些方面的差距，只需要我们的学生尽快、尽力地融入到加拿大各类学校的全英文教育教学环境中。环境会"逼"着他们努力地把英文学好。

"环境改造人"的道理孩子们也许没有体会，我们当家长的应该都有切身的感受吧！

换房间中我和他学习到了什么

昨天上午，电话又来了，一听声音就知道是"阴天"，表达了他目前的困惑与处境。加妈家是三层的别墅，他住在一层卧室，虽然房间很大，里面什么都有、都好，但是他不想一个人睡觉，想上二楼和韩国小朋友住，他想睡觉前和Eddie说会儿话。因为在加拿大孩子们每天8:00就要睡觉。我突然想起有一位家长讲，"这在中国实在是太奢侈了，怎么能8:00就让孩子睡觉，我们的孩子天天10:00才写完作业。"这就是加拿大，对小孩子来讲睡觉是头等大事。我说："这个事情我真帮不了你，你自己去问一下加爸，能不能搬到韩国小朋友屋里或是和他同一层，你愿意为了聊天放弃你自己的房间吗？你想好，我没意见。"但他希望我能帮他用英文和加爸讲一下，我说这个可以，随后我向加爸转述了他的想法，特意告诉加爸这是他的想法，不是我的意思。加爸非常热情，同意努力帮他调整。

过了大约半个小时，他又来电话了，这次直接变成"打雷下雨"的天，上来就哭。问我什么时候去看他，能不能12号来，不管什么舱位有票就要来。我说："你是不是换房间不顺利？"他说："我决定还是回到自己的房间去睡觉。"我问原因，他说他换的房间是起居室，只有一张床，因为今天太晚了，如果为了和Eddie在一层，只能暂住起居室，明天加爸再帮着调整。他自己比较后觉得，还是回自己的房间睡觉更好，因为他的房间又大又好，除了一个人睡觉外，其他都比起居室的条件好多了。我说："卧室就是卧室，每个人都要回卧室安静地洗澡、看书、睡觉。在卧室聊天，这原本就影响休息。"但是，他内心还是有些不情愿。电话里，我听到他用英文和加爸讲，他决定回自己房间睡觉，决定放弃起居室的选择。

虽然昨天他这种"打雷下雨"的事儿，搞得我一天在单位心情都不爽，但电话中我还是表扬了他，至少让自己知道这种行为是正确的，学会了发现自己想要的东西，然后去尝试争取了一下，尽管最终没有达到心愿，但过程他经历了。他自己做了一个发自内心的对比和决定后，他以后再也不会去因为换房间的事儿和自己纠结了。这就是处理问题的一种方式。后来我自己犯了一个大错误。他说让我快去看他时，我便随口说："我马上看机票。"说完后，我意识到自己的回答太仓促、太草率了，给他留下我会马上去看他的念头。果真，不一会儿加妈来短信问我："是不是要12号来。"我说："我只是暂时地安慰他。"加妈建议我明确地告诉孩子——自己不能去，这样他就不会抱着期望过日子，这样对小孩子心情平复有好处。我好惭愧！的确，我在这个问题上做得不够干脆利落，太不像我的风格了。

今天一早，他又来电话，已经变成"大太阳、大晴天"了，把昨天的事忘得一干二净，趁此机会我明确地告诉他，不允许他天天打电话给我，以后3天打一次就可以，因为我要工作或开会，一是不方便接电话，二是不能长时间占用友好家庭的电话。他说他同意。然后告诉他，不要总想着让妈妈过去。我要看自己的时间和工作安排，大家不能互相影响对方的安排。他说他明白。这事交代完了，我倒真心地觉得我太"狠心"了。

大家来关心智障同学

在BC省的小学中，每个班都会留一两个免费接收智障孩子的名额，政府也会专门配一位专职老师，来陪同这些孩子读书与活动。所以，通常班里上课有两名老师，其中一名老师就是经过BC省特殊教育培训过的特殊老师。

儿子常常告诉我：这位特殊同学享受特殊的待遇，老师不仅要照顾他把午餐按时按量吃下，老师还要手把手，一遍又一遍地教他做作业，而且他还受到全班同学的特殊关爱，每当大家要去操场上运动时，老师就会示意同学们接他到操场上。他很高兴，频频地向同学们表示感谢。然后，专职老师带着他在操场上活动，在安全的情况下，同学们也会主动拉着他的手和他一起运动。大家没有一丝一毫嫌弃他的感觉。倒觉得对他这位特殊同学更要亲善。

这些特殊儿童，从小就在这公平的教育环境中生活，他们和其他正常孩子的心态一样快乐和健康。这对正常孩子的健康成长来说，也会带来不可估量的影响，让他们从小懂得关爱、懂得同情、懂得分享。在他们将来融入社会时，对生命价值的体验度也会更高。

来自同龄人的榜样不可少

在过往的10年中，我们为了更高质量地养育一个孩子，奉献了自己太多的精力与经济。我们忽略了也忘记了我们儿时内心的榜样，有一部分是来自自己身边的哥哥和姐姐，甚至自己也曾充当过弟弟妹妹的榜样。现在的孩子在成长中需要谁做他们的榜样呢？

儿子在10月中旬换了一个新的友好家庭。让我第一庆幸的是这个友好家庭是一个大家庭，随着年龄的排位，儿子上面有两位大哥哥，下面有一位小他1岁的小弟弟，还有一位5岁的美女小妹妹。他有充足的时间和机会变换自己的角色去寻求他的榜样，同时也能学着为别人做榜样。

他会自愿去跟随两个哥哥，看到两个哥哥每天怎么样在家里为他们三个"小豆子"主持公道。圣诞平安夜，是哥哥组织大家连续几个晚上，睡在家里的客厅一起狂欢。他可以去问大哥哥有关电脑方面的问题，大哥哥会很耐心地为他讲解；他想搬床取东西，大哥哥会主动上前帮忙。有一次，他无意碰坏哥哥的东西，哥哥非但不计较，还会来安慰他，让他觉得不好意思。他还经常看到大哥哥是如何宽容与理解弟弟妹妹的无理取闹，由开始的不理解，到后来的学着做。

在这种家庭环境耳濡目染地影响下，儿子收获了许多许多。他懂得了体谅弟弟和妹妹。在与弟弟妹妹的玩耍过程中，一旦遇到矛盾，和弟弟妹妹单讲公平不公平是永远解决不了问题的。美女妹妹太喜欢他了，每天他一回家，妹妹就会亢奋起来，总是对他从学校带回来的东西和他屋里的玩具超感兴趣，拉着他，让他陪她玩。有时妹妹会故意弄一些恶作剧，搞得他也会受到莫明其妙的委屈。前几天，一位阿姨送他的圣诞礼物，刚拿回家，就被妹妹发现了，妹妹跑着抢着要看。他怕妹妹会弄坏，始终不愿意松手，情急之下，他居然想出一段哄妹妹开心的话："如果你喜欢，过圣诞节我给你买一个。"妹妹这才不哭不闹了。他常常和我们打趣地说："妹妹虽然很可爱，但她常常像'小狗'一样跟着我，我很无奈。"我责令不允许他这样形容妹妹。我也很理解儿子，因为他也只有10岁。

他还经常看到加爸批评弟弟，弟弟常因为吃饭太慢不能得到冰激凌，看着弟弟委屈地哭，还没有冰激凌，他难过地打电话告诉我："下次吃饭时，我会主动提醒弟弟吃快一点。"圣诞节那一天，全家人要与圣诞老人合影，弟弟想坐到圣诞老人的腿上，可是弟弟太胖了，被照相师拒绝了，照相师要求换了他坐上去，弟弟非常不高兴。事情过后，儿子觉得因为这种事情让弟弟难过，自己也很委屈。他说："妈妈，我会想办法让弟弟开心一些的。"两天过去了，当我再问起这件事情的时候，他说："我常和弟弟一起玩，弟弟已经没事情了。"

虽然儿子留学时间很短暂，但能为他补上国内家庭生活中残缺的一课，也算是送给他生命中的一份厚礼吧。

学校是个文化交流的小熔炉

目前，在加拿大所有的学校里，多国籍、多民族、多语言成了学校的普遍特性。儿子所在的班级至少有着四国以上的学生，有韩国、新加坡、中国和加拿大本土的学生，本土学生也是多肤色的孩子。小孩子并没有因为自己来自不同的国家，有不同的成长背景而显得生疏，反而由于大家只能用英文交流，又加上孩子们纯真的天性，让他们很快融为一体，越来越有亲切感。儿子最好的朋友是同班的韩国小朋友Nick；在加妈家里每天和他同吃同玩的也是韩国小朋友Eddie。儿子还告诉我，他回国后也想学韩语，可见孩子们之间的感情影响之深。

在加拿大经历一段或长或短的生活和学习，都会让孩子们在与不同肤色孩子的交流学习中，取长补短，提高学习语言的能力。同时，在孩子小小的内心世界中，也会慢慢萌生一种大世界的感情，这也许就是环境教育的功效吧。

所以，有时候我会想：加拿大的学校就是一座文化交流的小熔炉。学校的角色就是一种润滑剂，把各种不同文化之间的差异和冲突进行化解，最后融合到自己的文化结构与价值体系中。也许将来这种教育会起到一个帮助全球文化互相认同的作用。这种认同又离不开不同文化之间的尊重、理解、诚信……理性的思考和明智的决定，以及社会责任感和公民责任意识的交流和培养。

让英文变得更生动更文明

　　这几天，在和加妈、同学的沟通过程中，儿子出现了在现实生活中不会正确运用英文单词，给大家造成不必要的麻烦的事情。在中国，孩子们说英文缺乏真实的语言环境，更多的是应用于考试与书本中，所以根本不太注意语境，也感受不到在现实中正确使用英文的效果，更多的是满足考试卷的答案要求即可。我们的老师往往也没有在教学中告诉学生相近语意单词的实际应用区别。一旦实际运用在北美国家，很多时候会给人留下这个人没有礼貌的印象。原因有很多，但其中一个就是对语言的不熟悉，或者是对说话形式的不适应。今天简单谈一下说话的礼貌问题。

　　（1）回答别人的问话，尤其是在回答别人的 offering 的时候，往往只给一个字的答案，Yes，或者 No。殊不知这是非常不礼貌的，尤其是单独一个 No。其实礼貌的回答很简单。表达"是"的时候说，Yes，please. 表达"不"的时候说，No，thanks. 比如去朋友家吃饭，别人问你还要不要多点蔬菜时，你要说 Yes，please. 比如你在超市用卡结账的时候，别人问你 Any cash out? 你要回答说，No，thanks. 同时面带笑容，就显得很彬彬有礼了。

　　（2）礼貌用语的第二个原则是说问句。什么意思呢？就是所有请求和要求的话，都要用问句说出来，这是礼貌。如：当你去买东西，或者点菜的时候，请千万千万千万别说 I want sth...这样会让别人觉得你很粗鲁，会给别人造成不必要的误解，一定一定要说 May (or Can) I have...？ 如果想表示更有礼貌，就在结尾再加一个 please。因此，一定要让孩子在日常生活中学会"want\hope\wish\expect"这4个单词的正确应用方法。

　　这些，可能只有孩子们真正生活在北美这个大环境中才会觉得那么重要。我希望孩子们在留学时，不仅要英文学习的能力有明显的提高，更重要的是理解英文背后的故事，这样才能帮助他们健康地成长，为将来获得更快更好地适应工作环境的能力打下坚实的基础。

课本哪儿去了

儿子书包里有一本从开学到现在，永远都读不懂也学不会的书，这是他们学校特有的"教义"的书。用他的话讲，情节太复杂，故事太难懂。唯独上这节课让他感兴趣的就是唱圣经歌。

说到加拿大小学，不同的学区甚至学校都没有下发统一的固定教材，只有各个学校根据各省教育部门的意见和要求，自己制定的教学计划、自己选择的教材，然后完善到各年级。当我们参观了许多教育局和学校独立设计的课程后，发现几乎大同小异。也许教育就是这样，抽丝剥茧后，简单的脉络都是相似的。

在儿子的书包里，装的满是老师课堂上发的讲义和练习的活页纸。家长所要了解的孩子的学习情况，也只有这些实物。以加拿大小学科学课的教育目标为例，归纳为：2年级和3年级就要知道如何使用地图、阅读数据、开始研究诸如动物和昆虫等问题；4年级时能用地图、照片和图表来理解世界和地区及其气候的不同；5年级能列读表格，能利用图书馆进行研究，通过做笔记对信息进行综合，开始撰写非虚构的报告；6年级能使用百科全书以及其他参考资料完成独立的研究计划。

不同的教育理念、不同的教材设计、不同的教学要求、不同的教学方法……然而，如何从小激发孩子们的求知欲望，培养孩子们良好的自学习惯和自学方法才是最重要的。

不同学校的"安静"

多年来，国内国外参观过太多的学校，对于"安静"这一词语的理解，可以说没有哪里比学校这个环境更让人体会得深刻。

由于各自教学方法的不同，国内学校的安静更多地体现在课堂和集体活动中。可能是班容量大的原因吧！需要大家维持共同的秩序来聆听老师的讲课，所以安静是必不可少的。每到上课铃声响起，学校那种肃静的感觉让你顿生敬畏之情；而每到下课后，学校仿佛成了一片沸腾的海洋，看到孩子们在课间的活动，听到他们欢快的说笑声，我们不由得回想起自己的学生时代，从内心羡慕这群孩子们的天真可爱。

但在加拿大学校，完全可以看到一种不同的情形，安静只有在下课之后，学校仿佛进入了一种此处无声胜有声的情景。

老师会告诉学生，这个时间是大家需要休息的时间，每个人都不能因为自己的喧哗而惊扰到别人的休息，甚至开门关门都要举止文明，在走廊行走不可嘻嘻哈哈打打闹闹，不可快跑冲进卫生间。中学生要在课间换找自己课程的上课教室，学生们更多的是搭伴低声在走廊里快速行走。大家都在有序中安静地度过这短短的十分钟，听不到喧哗、吵闹，看不到追逐嬉戏。

10分钟结束后，回到课堂就不再那么安静了。学生们的课桌椅不是国内教室那样排列成行，而是大家围坐成圈，形成小组。讨论式的启发教学，让每个教室都成了孩子们智慧展示的平台，老师扮演"导演"的角色，孩子们在老师的导引下，积极思维，畅所欲言，充分体验，争做"好演员"。

在北美小学，"集思广益"的教学法贯穿在课堂教学的始终。老师给学生一个复杂的概念名词，不采用传统方式交代概念的定义，而是让每个学生就概念的理解进行各自猜测与评价。老师把学生所讲的都写到黑板上，有时候老师总结一下，也有时候老师根本不总结就告诉学生，今天的学习到此为止，黑板上的内容就是学生要学的内容。

在这个不安静的课堂上，学生就活动的主题开动脑筋，大胆质疑，互相辩论，精彩地讲演。老师也总能够在学生自由讨论的漫无边际时，再把学生带回到教学活动的主题上来。这需要老师既有深广的知识储备，又有灵活驾驭课堂的组织能力。其中，学生学到的已不再单纯地指知识本身，也包括了在追寻知识过程中所锻炼出来的能力。

"安静"和"不安静"不是绝对的。相比较之下，带给我们更多地思考是：课堂上老师如何调动学生的学习积极性，学生如何变被动接受知识的"载体"为跃跃欲试、轻松愉快地探寻知识的"主体"，这才是关键的关键。

学唱圣歌的联想

　　这个阶段，儿子学校一直为过圣诞节做准备，其中最重要的一件事就是唱圣歌。他原以为就是唱圣诞快乐罢了，和唱生日快乐歌一样。没想到老师发下的圣歌歌词中90%的单词不认识，他傻眼了。老师还把他安排在第一排5个同学的领唱队列中，并告诉他们5个人不能出错。用儿子的话讲，两周好像什么都没干，就是唱歌了。他既累又不理解。我还是鼓励他努力地把圣歌唱好，我说："唱歌也是学习，将来你会理解歌词的意思的。"

　　我在想，对于西方社会，过这个节日是非常神圣的。然而由于中西方语言与文化根基的不同，让他真正融入到唱圣诞歌曲的氛围中，是件很难的事，远不是我们的孩子们认为圣诞节就是装饰圣诞树、收礼物那么简单了。

　　我也一直在想，一个人如果多学几种语言，就会多了解一种不同的文化、不同的文明，人的思想就会像开了多面窗户，开阔开朗起来。特别是近日阅读了新加坡总理李光耀先生的自传《新加坡双语之路》后，更加深我鼓励孩子们乘着年少学习多种语言的信心。

讲演能力的训练

　　加拿大教育的口才训练，多指一个学生的讲演能力的训练。这种训练从小学就开始了。

　　儿子在进入加拿大小学学习后，告诉我最多的是：老师经常会就一个命题，让学生自己利用家里的藏书和网络，或到图书馆去查找资料，把自己精心准备好的作业向全班同学讲述，这是完成作业的最后一个环节。这样长时间地训练，同学们之间互相学习，互相促进，又何尝不会提高讲演能力呢！

　　说到底，语言的学习就是一个表达的问题。当今社会里，别人不会主动发现你的才能，你要随时随地争取机会来表现自己，这就离不开机智巧妙的表达能力。表达能力的高低，也会影响中国留学生和北美学生交流的效果。国外的课程多是小组活动，小组中每位成员，都会轮流以讲演的方式，总结本小组的学习内容，以获得小组的学分。如果我们的留学生讲演能力处于低水平，就会出现很多加拿大本土学生，不愿意带着中国学生做小组课题的问题，这对我们留学生的学习无疑是个障碍。

　　我们多年的应试教育，往往忽视了世界一流大学的课程体系："一个人的成绩70%靠的是自身的表达能力，而只有30%才是核心能力"。目前，我国的一流大学在招生面试中也开始对"讲演"有了更高的要求，但愿这种要求贯穿于我们的小学、中学、大学教育中。

我在英语启蒙教育上的败笔

　　儿子从小就没有上过英语课外学习班，英语的启蒙教育完全是在我和双语幼儿园的协力下完成的。当时幼儿园教授英语的两个青年老师认真负责，孩子们每天半天的英语学习充实而快乐。这让我放下了起初的担心，没有太多地认真系统地思考，如何从知识结构的启蒙上有更多方面的引导。直到这次儿子前往加拿大，与加妈的几次沟通中，居然发现他在英语学习中缺少了一个环节，所以造成他抵达加拿大后，比较难融入学校的教学，原因是他没有系统地学习"英语自然拼读法"。

　　记得当年我当老师时，就运用过英语专家张思中老师的英语教学法，利用语音规律给学生讲授过单词的拼读方法。但在儿子的学习辅导上我却用得少之又少。自然拼读要求"看字读音，听音写字"。70%的规律单词，在加拿大都要求学生用自然读法去拼去读，逐渐对字母结合有直观的视觉和听觉的印象，这样长时间反复训练后，就可以脱口而出。因熟悉了读音，自然拼写就不困难了。所以，儿子前期每周25个单词的拼写练习完全是靠着他的记忆完成的，直到近期才开始靠自然拼读去完成，孩子走了一段弯路。这次加拿大短期留学可以给他补上这一课，我也就又少了些许自责。

　　我希望自己重拾起教书时运用的张思中英语教学法，再研究一下现在正流行的自然拼读法。这样，既可以充实自己，又可以帮助孩子。

我和加拿大老师的交流，收获往往也是很直接的，他们说："拼写单词时，心中想的应该是读音，只要会读，拼写往往不会出问题。"让我记忆很深刻。英语是表音文字，这种依靠读音拼写单词的方法是有效的，英语是北美人的母语，他们学英语的方法还是很高明的，值得我们借鉴。

我多么希望我们的留学生，无论年级高低，尽早尽快地掌握英文学习的科学方法，使自己的英文学习成绩有长足的进步。

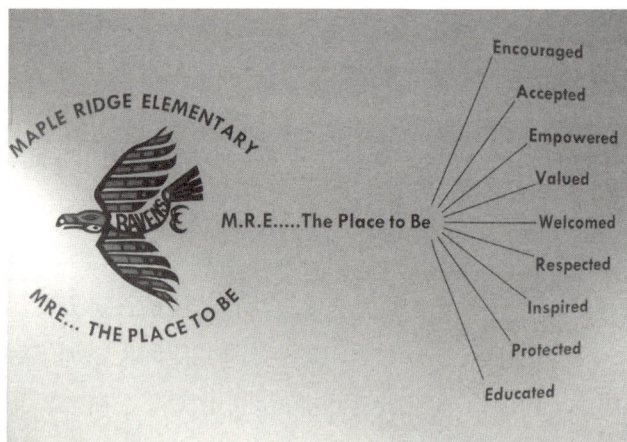

难得的慢生活

孩子在我们身边的分分钟，我们好像都被装了加速器一样，总是过着一种生怕误了点儿的生活。这个阶段儿子来电话的主题有了变化，告诉我："妈妈，这边的生活好慢啊，下了学到晚上睡觉，中间的时间好长啊，生活节奏太慢了，大家做事情总是慢慢悠悠的。"哈哈，从他嘴里讲出这种话来，这就对了。我希望他过一段慢慢悠悠的生活，让他原本在中国每天浮躁的内心有一点点安静。他能耐得住这半年加拿大的安静生活，未来也就有可能帮助他在狂热中看清自己。享受孤独与寂寞，不光是长大后才要做的事情，实际上在小时候就要有这种经历。长大后再经历较长时间的独立生活和学习时，就会守得住自己，不被五光十色的诱惑而吸引走了。

今天周末，全校有一个大的聚餐会，聚餐会后，他主动帮助学校收了椅子和餐盘，同时还被校长表扬了，他异常高兴，并说："妈妈，我开始喜欢我们的学校了。"我说："为什么？"他说："我们的同学都很单纯和善良。"他有这种体会，真是难能可贵啊！

今年的这个国庆节，我们宅在家里，甚至没有出息地觉得没有儿子在身边的国庆，我们出去玩都有一点点不安心的感觉。索性我们留在家里仿佛儿子就在我们身边，蹦来蹦去地在屋里出出进进。我们也难得有了慢节奏的生活，不用总想着做什么事，尝试着去感受无事此静坐的真意。上帝给了我们一个任务，叫我们牵着一只蜗牛去散步。

校长更像一个大家庭的家长

　　加拿大的小学平均人数在400人至600人，中学接近1500人。有几次我介绍加拿大的中学都是"大"校，拥有1500名学生时，中国学校的校长马上告诉我，我们全校约7000人。后来，我再也不敢用"大"字来形容加拿大的学校了。

　　不管中学和小学，学校的行政编制很少，小学也就只有校长、秘书、护士和儿童心理治疗师等，几个人就包揽了学校的行政工作。我们看到的加拿大小学的校长是全校中最忙碌的人。我有时开玩笑地讲："加拿大校长就是一个看门的'老头儿'，天天最早来到学校把所有班级的门打开，在开门过程中顺便巡视安全隐患。同时，还要迎接学生到校，校长拥有'超级大脑'，几乎能把所有学生的名字叫出来。校长和家长打招呼、和学生拥抱，处处可见的是一个嘴不闲、腿不停的校长的身影。有时候你想在校长办公室找到校长，却变成了件难事，更多的时候是需要用对讲机才能找到校长的位置。"

　　除此之外，学生在校出现比较严重的纪律问题，都会被送到校长办公室，校长要亲自来处理。如果学生被校长请去还没悔改的话，一封"校长信"足够让学生知道厉害。信上会明确告诉学生回家应该反省的天数。我甚至看见校长亲自开车把学生送回家，告诉家长不允许学生来上学，校长说停学就停学家长没空儿也得在家陪着。在教学辅助上，"我是革命一块砖，哪里需要哪里搬"是加拿大校长最真实的写照，校长对中小学课业精专，往往有时会成为许多病假事假老师工作的"替补队员"。加拿大校长管的学生虽然不多，但权力很大，威望和地位也很高。就像一个大家庭的家长，受到全校师生的敬畏。

第一次 "PROJECT" 作业

这几次电话，他都提到PROJECT作业，因为他从来没有做过。不明白这种作业的要求，甚至觉得都无从下手。特别让他感到困难的是要写英文作文，他虽然学了好几年英文，但这种要求的英文作业却从没写过。老师除了要求写作文外，还要求学生配图写解释的话。

后来，他自己实在没办法了，就从快译通里查单词往上凑。几次打电话，都因为这个作业的问题向我们哭诉。但是，没有任何可以解决的办法，只能硬着头皮去准备。自己写完了，加妈和老师又给他修改了好几次。因为要参加讲演，他还必须背下来，同时要打印图片，自己在电脑上输入英文，再贴好，全部完成了才可以带到学校去进行展览。他的努力"工作"终于获得了老师的表扬。他说："我真正感受到自己思考、自己整理，成功写一篇英文的喜悦了。"经历了这样一个学习过程，他的自信心又提升了许多。

这一个月里，他遇到了方方面面的困难，甚至连我这个"资深"的"砖家"妈妈都始料不及。我常常对儿子说："这样的学习方法最能锻炼你的动脑、动手、动口的能力，今后无论遇到多大的困难，你只要坚持，只要不懈怠，就一定会有收获，会成功的。"

全勤是个态度

还有两个月的时间才能回国，从9月至圣诞节前也算儿子的第一学期学习结束了。上学期获得了"全勤学生"的光荣称号，让他有些高兴得不得了。儿子告诉我："妈妈我长胖了，没生过病，我一天课都没有缺。"在加拿大学校里，出勤率是考核学生的第一要素，学校认为：是否按时出勤是态度问题，学习好坏是能力问题。在这个讲究态度的教育体系中，学校严抓考勤纪录，每门课（包括自习）老师都要做详细统计，每天学校的电脑系统都要公布缺勤的名单，并上报教育局。无论你缺课一天，还是一节，或是迟到或是请假，都逃不出和学生学分挂钩的评分系统的考评，这是和中国完全不同的一种评价体系。

在加拿大学校的成绩单上，缺勤这个概念是不管你迟到早退还是病假与事假，都统统按缺勤纪录。可能大家会认为不公平，认为自己生病请假了，缺勤还要扣学分，甚至一学期也就请了3次假，为什么老师就要请家长，甚至因为上课迟到，出勤率低而被遣返回国，不能继续留在加拿大。有很多学生拿着成绩单，理直气壮地质问加拿大学校，"有那么大惊小怪吗？难道老师就不生病吗？"加拿大老师常常给学生讲的是，在加拿大的社会体系里，不管是学校还是社会职场，每一个人都要为自己负责，没有哪一个老板会因为你说你生病了、你起晚了、你有个人原因而给你网开一面、宽容你。往往你的出勤态度能映射出你个人学习、生活安排上的问题，所以不要拿着"生病"来说事儿。

特别在加拿大中学的教育体系中，没有班主任，没有固定的教室，谁能管理你？一定是只有你自己了。至于病假请假和事假请假，都要有书面的请假单。如果是未成年人，必须由家长亲自或友好家庭家长亲自打电话给学校才可以。留学期间，学生是不可以请假回国的，一经发现未请假私自回家，学校有权通报移民局取消你再次入境的资格。所以说保证出勤率，是成功留学的重要条件。

玩游戏中学习规则

　　玩"游戏"我不懂也不会，通过玩"游戏"能玩出个什么名堂来，我更是一无所知。儿子在国内玩"游戏"的痴迷劲儿，常常让我生气，几次喝令他停止玩，也总是成功又失败。孩子是不懂长时间玩"游戏"是既损伤眼睛，又浪费时间。因为，他没有辨别力，更缺乏自制力。（这里的游戏是指玩"IPAD"）

　　今天，儿子突然告诉我，他的美女班主任老师经常带他们玩游戏，当时我听了的第一反应是，这个老师的精力真够大呀！美女老师除了不教音乐和体育课外，数学、语言、科学、社会等课都由她一个人来教，还有精力陪这帮孩子玩游戏！本来我就反对孩子们玩"游戏"，这样一来，我对老师陪孩子玩"游戏"的意图产生了好奇。

　　后来，我在温哥华期间给他买了一件玩具，他说他们班经常玩这种玩具，并且一定要让我陪着玩，在玩的过程中，由于不熟悉，我常常犯规，他就用英文俨然像个老师的口气警告我，同时反复地向我形容他们玩游戏的场景，嘴里不停地说着"fair play"。刚开始我没听清楚，后来就向他请教，原来意思是"公平竞争"。我茅塞顿开，小小的年纪，竟然在玩游戏中学会了这样的大道理，真让我们刮目相看。（这里的游戏是指

儿童游戏活动）

原来，老师在组织学生玩游戏时，一再强调学生要听从指令，按照规则不急不恼，和谐公平地玩出快乐来。其中有些爱动或调皮的孩子往往安静不下来，不能专注一件事情，在玩的过程中，不遵守游戏规则，被老师几次没收了玩具，老师还让全班同学反思是什么原因。其后，老师要根据学生犯错误的严重程度作出停罚玩玩具的次数。依儿子爱动的性格，他可能是受过这种惩罚的，不然他给我们描述起来不会那么绘声绘色了。

老师组织 IPAD 之外的游戏活动我是举双手赞成的。在老师的带领下，孩子在玩游戏活动中寻找到了快乐，在快乐中懂得了严格遵守规则。这种宽松适宜、惩罚有度的玩法，对孩子的身心健康很有益处。

英文阅读的要求

今天，在讲到学习方面的事情时，儿子已经可以做到每天在加妈的陪伴下朗读30分钟了。因为加妈对他的学习要求非常非常严格，他甚至对我讲，他在加妈身上看到了他姥姥的影子。还把加妈这种教育方式说成"严师出高徒"。这简直是对加妈绝对高的评价。

他还时时处处看到加妈对弟弟的要求也同样严格。告诉我，以前在中国，他不理解妈妈的做法，现在看到加妈管弟弟，不允许弟弟有无理要求，看来中国妈妈和加拿大妈妈对孩子的要求都是一样的。

再回到阅读上，加妈不仅要求他认真地阅读，阅读后还要提出几个问题，让他回答。他几乎都答不出来，加妈告诉他，阅读也要用"心"去读，边读边理解，这样才可以完成阅读的任务。他变得压力山大了，而且情绪也有一些波动。加妈又告诉他，不认识的单词必须查出中文意思来，这才能完成好回答问题的环节。这个加妈简直又是一个"妈+老师"的角色，所以，我要感谢加妈给予他的严格要求。

英文阅读相当于国内语文的课内和课外阅读，阅读要求基本相同，阅读的方法也大同小异。而在语言学习中，我们孩子们自觉阅读的习惯不尽如人意，真正阅读的"质"和"量"都跟不上去，可能与老师和家长循循善诱地引导、严格监督检查不够有关系。

他还告诉我，在加拿大，老师布置的所有家庭作业，都要详细地记在同一个本上，不管是英文还是数学。完成作业需要四个步骤：一是认真把作业要求抄写在作业本上，后面要学生签字。二是写完作业后，学生自己要签字。三是家长检查完，家长要签字。四是老师检查批改完作业，老师要签字。

每一次作业必须完成这四个步骤的签字，才算完成作业。这要比国内家长给学生家庭作业签字严格复杂了许多。

对于这么小的孩子来说，每一个环节都非常重要，因此在执行起来也有难度。所以他每天上学的第一件事情，就是要拿着作业本挨着去给老师看签字。他说他已经习惯了，认为这样的签字，本身就是对自己作业的负责。

英文单词拼写对他来说既难又容易，之所以难是因为这些单词的长度，绝对是他之前没有遇到的；之所以容易是因为他在中国每天10个拼词的听写训练帮了他。他有自己一套记单词的方法。因此，这几次作业全部拿到了比较好的分数，让自己高兴了一把。

英文单词也相当于语文学习中的词语练习，同样都要求学生会读、会写、会用。无论英文还是汉语，词汇量的多少都影响着孩子们以后的表达能力，所以记生词变成了老师家长必抓的学习重点。

一天的学习从早晨开始

今天终于有机会送儿子上学了，算了算这趟行程，只有这一个早晨我能送孩子上学，所以早早起来就给孩子准备早餐和午餐。爸爸开车，我们一起送他到学校。

学校院子里已经有很多家长和学生了，因为教室的门要8:50才开，所以家长和孩子们都在外面等着。这段时间是孩子们最高兴的时间，全部都在操场上和篮球架下玩。儿子很早就告诉我们，他每天让加妈早早地送他到学校，和同学一起玩篮球或踢足球。天有些阴，还下着毛毛雨，仍然挡不住清晨里每一个爱运动的小身体。

他把书包放在教学楼外，就加入了他们班里男孩子们玩篮球的投球行列里，孩子们很自觉地排着队，轮到自己时就尽情努力地投球，不管投进没投进，都高兴地自觉离开，一切都非常有秩序。这时出现了一个小插曲，篮球被抛到很远，儿子跑去帮着捡球，但是他是用脚把球踢回来的。当他回到队伍里时，他的同班同学过来搂着他说："谢谢你帮大家捡球，这是篮球，需要用手把它抱回来，你下次注意就行啦，不过还是谢谢你帮助大家。"儿子欣然接受了，也说了"谢谢你"。我突然好感动，这难道不是所谓的"同伴学习"吗？肯定是，一定是。

这时从远处走来了一位身体有一些残疾的女孩子。瞬间，我身边的一个女孩子非常热情地跑过去迎接她，并一直搀扶着她走到教学楼前。这一幕让我好感动，因为孩子们之间纯洁的关爱，就是在那个灿烂的笑容与手拉手的举动中体现出来的。

远处的孩子们在操场的草地上玩着往返跑，此起彼伏的欢笑声从操场传来，这可能是每一位在场的家长最想听到的声音，大人们在孩子们的笑声中可以放心地离开学校，安心地去做自己的事情了。

正在这时，上课铃声响起，孩子们以最快的速度找到自己的书包，排好了班级的队伍，按照顺序走进教学楼，而每个班主任老师要在门口和每一个学生打招呼，有的学生主动和老师击掌，有的学生上前和老师拥抱，不同班级有不同班级的表现形式。我们目送儿子走进教学楼后，安静地顺着小道去停车场取车离开。

一切都是那么的有秩序、守规矩，没有挤闹、没有嘈杂，有的更多是发自内心的自我认同，用自己的良好行为习惯来维护大家的环境，看似是学校中孩子们的微小行为习惯，却都是一个个小绅士、小淑女成长中必须要经历的过程。

今天早晨，我们遇到了他们的校长，校长认识儿子，还主动和他打招呼，搞得小同志倍感骄傲。兴奋地说："妈妈，因为我是国际学生，我们学校很少有中国留学生，我们班只有我一个人，所以校长认识我。"就这么点儿优势他都能感觉到，足见儿子对学校是多么热爱。

找到适合自己的学习方法

近一个多月来，我的工作生活被一些主题模块的内容切割得四分五裂，孩子有时候来电话告诉我的一些信息，因为不能及时反馈到文字上，而在大脑中悄悄丢失了，有些小小的遗憾。我只好把一件记忆深刻的，写出来和大家分享。

最近，他们班搞了一次调查活动，让每一个学生进行自我评估，自己来发现适合自己的学习方法。第一种是用眼睛来学习，第二种是用耳朵来学习，第三种是用写重复练习来学习。每个孩子可以选一种或几种来准备，同时给了孩子们两天的思考时间。儿子最后选择了自己更适合用眼睛和耳朵来学习的方法。接下来老师就让每个学生去准备素材，在全班展示自己适合这种方法的过程，来证明自我评价的合理性。请大家注意：这里提到的是合理性，而不是选择的正确与错误。我问他："你怎么准备的？"他告诉我："如果证明眼睛能力适合自己，我想准备一段文字，看看能不能在短时间内通过集中记忆背出来。如果证明耳朵能力强，就听一段故事，看能不能听后马上复述出故事的内容。"听了这些方法，我觉得还有一些道理。我说："你去试试吧！失败和成功都无所谓，至少是你自己找到了更适合你的学习方法，你比我们更有发言权，不去尝试你永远不知道。"

下一周他要准备展示了，他说班里每个同学的选项都不太一样，大家准备展示自己的内容也不太一样，他告诉我："这个活动可能要持续到圣诞节前。我们每个学生自我评估后，老师还要将适合眼睛的、耳朵的、用手书写的，还有两者之前的同学进行分类，重新组成小组，老师再给每组同学进行专项的训练。"这些"小白鼠们"就是这样把自己当成试验品来进行实验的，同学们都认真准备，积极参与，乐于其中，因为没有什么比自己发现自己的强项更有乐趣。

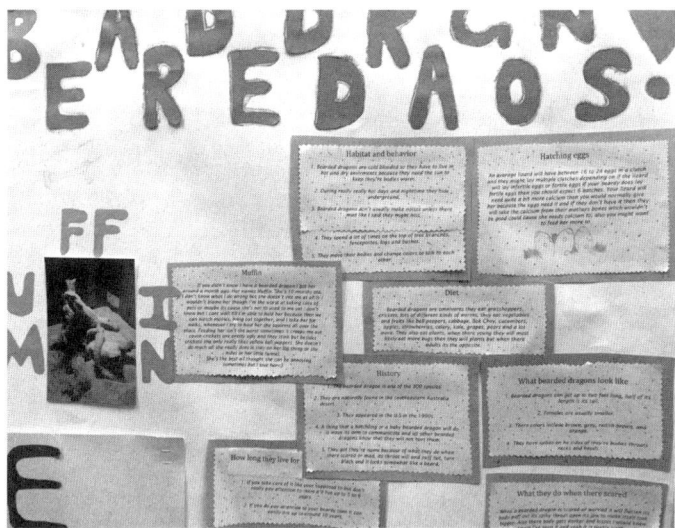

加拿大学校的体育课

加拿大学校的体育课有四种课型：一是生命科学课，小学以健康、安全常识为主；中学以自我安全意识，防止受伤、健康饮食、用药健康以及生长发育知识为主；二是运动技能拓展课；三是健身运动课，特别在加拿大中学，要对学生进行腰腹肌训练，例如瑜伽这样的运动；四是课间体育活动课。

加拿大小学的体育课常常由兼职（班主任兼职居多）老师授课；中学则有专职的体育老师，因为中学阶段要求体育活动成绩要计入学分。体育课的任务很明确，让每个学生喜欢运动，通过运动强健体魄。这是孩子将来有一个健康人生的重要基础。

儿子刚到加拿大开始上学时，学校就发了一张他看不懂的课程表，他天天晕头转向地跟着同学们一起上课，他的同桌常常帮他从书包里取书取资料，告诉他上什么课，用什么样的书。更让他搞不懂的是，学生在教室上课的时间很少，一会儿去图书馆，一会儿去体育馆，一会儿又去音乐教室，老师还常常带他们去操场做他们喜欢的运动。

最让他体力上受不了的是，每天除了体育课外，还有大段的时间被老师带到操场上做各种体育运动，例如：跑步、篮球、足球……他来电话说的最多一句话是"我天天运动，有时腿都是软的"。

　　突然有一天，他在电话里问我，"你让我上的学校是专门培养运动员的学校吗？"我知道儿子是非常乐意参加运动的，依他的性格、依他的能量，体育课应该是他的享受。尽管各种体育运动让他体力消耗越来越大，随之饭量也逐渐增加，个儿也长了，身子骨更结实了，到现在为止，没生一次病，没缺一节课。

　　体育课在小学整个课程中占有重要的位置，每天早晨上课前和上午课间，操场上到处都是孩子们在快乐、有序地参与各种户外活动。高年级的孩子则以球类为主，学生只要尽自己最大的努力全力投球，无论是否投入篮筐都会得到体育老师的鼓励。中午午餐后，老师也会组织学生做些轻松愉快的户外活动，以帮助他们餐后的消化。

　　虽然，在不同学段学生体育课的训练内容和训练目标不同，但学校所倡导的"有好的健康理念，才会有好的行为；有好的运动理念，才会有好的身体"是共同的。

学唱加拿大国歌

加拿大是个多民族的国家，为了维护国家的团结，政府从小学起就对学生进行爱国主义的教育。例如，每所学校的校门前都要悬挂加拿大国旗，张贴加拿大地图。每天早晨上课前，全体师生都要肃立高唱加拿大国歌。

上次去参观儿子学校，有幸看到了这一幕场景。学校播音室正播放音乐，全体师生庄严站立，一起放声高唱国歌。我们几个人参于其中，站在原地不动，跟着大家唱："哦，加拿大……"加拿大的国歌《哦　加拿大》（O Canada）是加拿大民众心中最神圣的歌曲，然而，大多数人或许不知道，这首歌也是世界上最难唱的国歌之一，加拿大国歌对歌唱技巧要求更高，但比英国及美国国歌更容易上口。

唱国歌结束后，大家还要朗诵誓词，内容是：承诺"我忠于伊丽莎白女王二世，忠于加拿大，尊敬国旗，遵守国家法律，完成一个加拿大公民应尽的责任和义务"。

我想，每个国家的学校都会安排这种爱国主义的教育活动内容，每个人在他的学生时代都会有这种尊敬国旗、颂唱国歌的经历。在人的一生中，无论身处何时何地，敬畏自己国家的国旗，颂唱自己国家的国歌，都是每一个公民引以为豪和幸福的时刻。

在弯路上长大

这个阶段，我们的工作重点是在各个学校作行前培训，和家长会谈。每到这个时候我都要重新梳理一下，思考和家长及学生分享哪些更重要更有意义的留学心得。

今年的角色可能更有代表性，我既是这个项目的引领者，又是项目中学生的家长，所以今年会谈得更具体更实际。

家长问到学习英语有什么捷径时？我想说，可能是不走弯路的或少走弯路的学习都是捷径。

能在孩子学习语言最敏感的时候，有条件让他到英文本土国家去进行一学期"听、说、读、写"的学习，仅仅半年学习时间，全身心浸入到英文的学习经历中，无疑对孩子未来英文的提高是最有好处的。

我常常和留学生家长在微信里交流。一位留学生妈妈的文章《孩子，走弯路也是幸福》，给了我灵感，对我触动很深。我便回想起儿子这几个月在加拿大的生活和学习，我给予他的就是一段弯路，他自己在海外生活上的弯路让他深深地懂得：过去把中国爸爸和妈妈说过无数遍的道理都当耳旁风，现在要付出很大的代价去纠正自己方方面面的生活坏习惯和行为举止的不文明。让他在未来懂得倾听，让这种虚心的倾听替代他在国内不撞南墙不回头的任性。

作为家长我想不要剥夺孩子走弯路的权利，对他漫长的人生而言，这半年弯路上的风景也许更美。

对每一个孩子来说，在行万里路中，弯路也好，直路也好，自己走才是最重要的，妈妈和爸爸永远都是他们的陪同者。

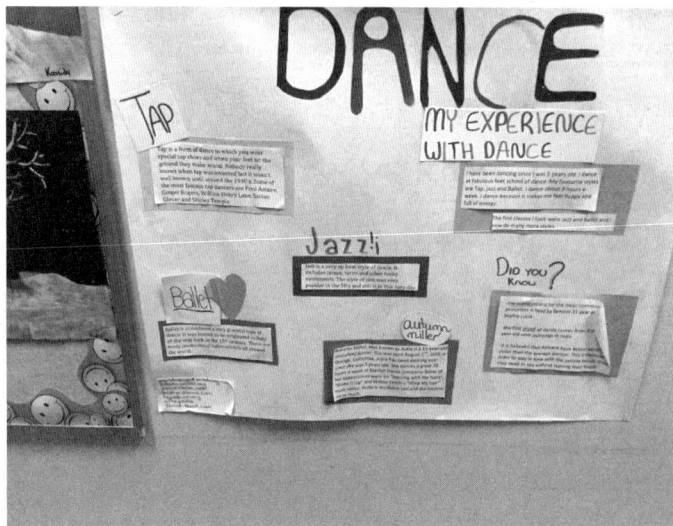

在"吹牛"中找到自信

今天，我本来是到机场去送学生，时间安排得很紧张。偏偏刚出门就接到他的电话，也不知道从哪里冒出来一堆他的故事，电话里汇报个没完。我说："妈妈要去机场，明天再讲吧。"他说："我还没说完呢，我明天睡醒后SKYPE给你。"我的儿啊，你娘不能总是半夜听你讲故事吧。就这样，在汽车上我们通完将近40分钟的电话。

后来我回想，他今天有兴趣讲故事的原因，实际上是他又被老师"隆重"地表扬了一下，他心里高兴极了。老师当着全班同学的面，表扬他在刚刚到加拿大时，英文很弱，但现在居然Art课好几次都拿了全对的作业成绩分，老师表扬他的进步很大。他说："妈妈，你等我走的时候一定要把Art课的作业本从老师那里取上，带回中国。今年6月学校要举办spellingbee的比赛，老师说太可惜了，我2月底就要回国了，不然的话老师让我去试一下。我们全校这几天在做readingchallenge的比赛，我觉得太难了，都是成篇的文字，可能我不行。不过，我觉得我的'口语'应该是班里名列前茅的。"（这牛真敢吹，这全校全班只有他一个母语不是英语的学生，这牛也吹得有点太大了。）"我讲的英文我们班同学都能听懂，而且我做讲演时，我们同学都给我鼓掌呢，我想我应该英语没问题了。"（自信心还蛮强的）然后他又说："写作也不错了，能写一大堆内容了。"（通顺不通顺不知道，反正他敢"胡扯"上去了。）

　　我顺势溜须拍马地捧场表扬他，搞得小同志有点儿觉得不知所以然的样子。他爸爸在旁边说："你俩就别互捧臭脚了。"他这才又说："妈，我还是需要你的帮助的，等你来了，别忘了每天帮我听写单词啊，这是我们每周最重要的学习内容。"看来还是有一点自知之明。

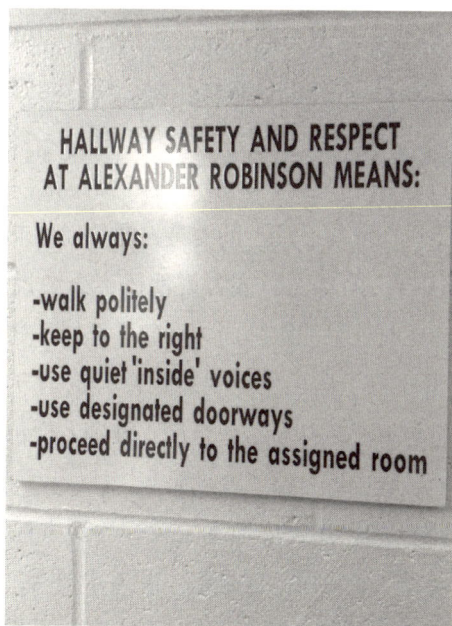

HALLWAY SAFETY AND RESPECT
AT ALEXANDER ROBINSON MEANS:

We always:

-walk politely
-keep to the right
-use quiet 'inside' voices
-use designated doorways
-proceed directly to the assigned room

不被喜欢的模仿

在整理手机时，突然发现了录音文档中有一段儿子9月份刚刚抵达加拿大后的通话录音，大体的意思是，"妈妈，今天我们一起去吃冰淇淋，Eddie要了草莓香蕉口味的，我也不知道要什么，我也要了相同的口味，但是Eddie不喜欢我和他一样。妈妈，我也不知道怎么办？"

听完这一段短短的录音，我的心接近要碎化，他刚刚抵达异国他乡，需要同伴在环境与心理上的支持，尽快建立起安全感，他还不太会要求和表达自己的意愿，或者说他还不会去说他喜欢吃的"香草"味的单词，此时他只能跟随同伴一起去选择一样口味的东西。

但是，在国外孩子从小所受到的教育，就是方方面面都要努力表达自己的意愿与想法，甚至希望自己不被别人模仿，自己也不会去模仿别人，从骨子里告诉自己"我就是我"。

此时儿子很迷茫。我告诉他没关系，一切事情都是要从观察和模仿开始，你没有任何错误。这是第一次买冰激凌，以后还会有许多次，如果你想吃自己想吃的东西，你只有去想办法或者你去用电子词典查一下"香草味"的单词，努力记下来，下次你就可以买你自己喜欢的味道。Eddie也没有错，因为Eddie只是正常地表达了他的想法，他认为每个人都应该有专属自己的喜欢，他喜欢不能代替你喜欢，下次你们在一起时，如果你喜欢的东西你是可以坚持的。如果只是单一的模仿和跟随，你自己也没有吃到你喜欢的味道，你也不会高兴。

听完这些，他可能明白了一些，但下次还会发生什么样的事情，谁都不会知道。

在加拿大的家庭和学校教育中，每个孩子都是独特而具有个性的，能给予孩子足够的尊重和自由，也造就了他们不喜欢被模仿的天性，我们要尊重和保护孩子天性中最纯朴和柔弱的地方，让他们逐步懂得模仿与创新的道理。

选择良好的教育环境

昨天我们和他一起去了他熟悉的图书馆，不用GPS导航，他一路指挥我们顺利抵达。

在图书馆，我见到了我的几个中学留学生，孩子们有的在做义工，有的在图书馆找老师补课，和孩子们聊了一会儿有关学习和生活的事。当这几个孩子提到每天都要学到半夜，压力一点儿都不比在中国小时，我安慰并夸奖了他们。此时再回头看儿子，发现他有点眼蒙的感觉，走出图书馆后，他迫不及待地说："妈妈，哥哥和姐姐的学习那么努力啊！"我说："是啊，不管在中国，还是在加拿大，学习都来不得半点松懈，他们自己设立的学习目标很明确，只有在严格的自我管理下执着地付出努力，才能向目标一步步靠近。"这个场面又小小地给他上了一课。

的确，我们在加拿大留学的大孩子们，对自己的要求相对都很严格，生活和学习也很稳定，家长满意，我们也比较放心。

来加拿大几天，我察觉到，我讲的有关单词拼写的方法，他在一步步运用，在老师、加妈的要求下都还做得不错。加拿大小学每周25个单词的拼写任务是学习的重头戏，方法只有一个生背。周一老师发新单元单词任务后，都是在当天先做一下预先考试，然后要求学生把错的单词用一周时间做反复练习，周五学校再做SPELLING的拼写考试，这种方法相对比较科学。因为这项作业更多是利用放学回家的时间完成，相当于我们的家庭作业，所有家长都要配合老师督促孩子们完成，最重要的是学校要求学生人人都要考试达标，不然老师要约谈家长。加妈每天晚餐后都要帮他复习。

　　课后阅读作业中的第一步是查单词，他也坚持得不错。我看了一下他单词成绩，正确率基本能达到86%，已经很不错了。

　　昨天，我们在旧书市场买了10本英文故事书，希望阅读就按这个进度与方式执行下去。但愿他在"不积跬步，无以至千里；不积小流，无以成江海"的坚持和积累中，英语学习的步子迈得更坚实！

昨天和今天

按照计划，10月份我们来到加拿大看儿子，这几天白天黑夜地倒时差，连自己都不知道是几月几号了，儿子此时躺在我的身边，听着他那均匀的呼吸声，我都很难相信，一个不到10岁的孩子，已经有这么久没有在妈妈和爸爸身边生活了。

原本说好上飞机前不再通话了，但还是在快要登机时，他打来电话，一定要和我们分享一下他的特大好消息，他的PROJECT作业——《我的家庭》今天受到了隆重地表扬，还得了奖。老师表扬他的讲演稿准备得很认真，讲得很精彩。他说他好激动。我们听了，也是一阵惊喜，就这样我们带着他的特大好消息，飞行了10个小时来到了温哥华。

由于上午抵达航班较少，我们从过关到取车全部办完手续只用了半个小时，10点整就开车上路了，天虽然有些阴，但因为能呼吸到久违的新鲜空气，面前视野开阔，也就顾不上天气状况了，一路顺风来到枫树岭。

原计划周四我们到了枫树岭，不会去接他，因为我们需要倒时差，同时定好下午去中学看望我的学生，所以不想带着他跑来跑去，他还是和加妈回家，正常上学与下学。

我感受到他爸爸渴望看到儿子的心情，还是顺路到跆拳道班看了一下。第一眼看到是儿子的背影，他安静地在看书，我问了两遍我的同事："这是壮壮吗？"我同事用惊奇的眼神看着我说："你连你儿子都不认识了吗？"是啊，他安静的样子有点让我眼前一热。

儿子转头时发现了我们，跑出来紧紧地抱住我和他爸爸。还好，我们虽然都很激动，但是没有失态。我们和他的跆拳道老师打了招呼，并说："今天不接他走，明天会由我们来接他。"他在旁边非常平静地接受并说："爸爸妈妈，明天见！"

5分钟后我们离开了跆拳道馆，当坐在车里时，他爸爸的第一句话说："就冲儿子今天这个表现，就证明长大了，没有哭闹地要跟和我们一起走，能控制住自己的感情，知道听从大人的建议与安排了。"

是啊，离开娘的孩子长得快。

随后我和同事去到中学，看望我们的那些留学生，替他们的爸爸妈妈抱抱这些中国大孩子们。和他们聊聊留学生活与学习中的要求和希望，问问他们有没有需要我帮助解决的困难，鼓励他们珍惜这难得的留学机会，以优异的成绩回报家长的寄托，实现自己美好的求学理想。

学校里的儿子

从9月1日开始，儿子天天要和这帮同年龄的加拿大小朋友一起上课了。他的感受应该是最直接最真实的。摘写了几件和大家分享：

热情得有点受不了

儿子"幸运"地被一个人分到一个班，我对这种"巧合"暗暗高兴。因为这样可以"逼"他鼓起勇气去完完全全体验这个纯英语环境。他是班里唯一的一名中国留学生，受到老师和全班同学的关注。大家像迎接"明星"人物一样为他的到来做了许多准备，从听课到吃午餐，从玩耍到课堂练习。尽管孩子们之间的语言沟通还不够顺畅，但绝对阻挡不住这些孩子发自内心的热情与好奇。同学们第一天给予儿子的温暖，让他觉得热情得有点不好意思。儿子告诉我，他只有用微笑、点头和仅学的英语单词去表示自己发自内心的喜悦和感谢。我表扬他做得很好。加拿大学校老师鼓励孩子们勇于向朋友表示自己的友好，这让我真的很感动，也很欣慰。

厕所小卫士

为了让他尽快熟悉学习环境，老师早已选定了两个小助手坐在他的左右，帮助他听课、写作业、吃午餐、到操场去踢球……就连他上厕所，这两个负责任的小卫士都怕把他"丢"了，一直跟着他。他的形容差点儿没笑死我。第二天，儿子说他的英语阅读就是在这两个小助手帮助下完成的，小助手读一句他跟着读一句，不管他读得怎样，小助手对他的阅读始终认真负责。在异国他乡，他亲身体验了被别人帮助的幸福，感受到了帮助别人的责任。我想，总有一天，他也会真诚热情地去帮助别人，因为他的心中已经有了榜样。

享受着音乐的美

上学的第二天，学校组织同学们参加学校合唱队和乐队联合举办的一次演唱会。儿子给我形容了许多不同的乐器，其实这些乐器他都认识，但是他是第一次这么近距离地看到加拿大同学的合作演奏。他说："那音乐好听极了，我真想跟着哼哼。"以他的音乐天赋，如果在家里，一定会有如此举动。我想：可能这并不仅仅是因为音乐美吧！一定是因为那种团队演奏的和谐美让他陶醉了，孩子观赏孩子的表演，感染力会更大。希望学校今后多开展这样的活动。

品尝被接受被尊重的滋味

作为项目的负责人出现在学校里，自己的感受远远不及学生家长的感受更强烈。一位家长告诉我，当她在教学楼走廊里兴奋地拉着自己的孩子东照相西照相的时候，突然看到两面墙上的展板，完全被吸引了。一块展板上是介绍中国的古代知识；一块展板上居然用毛笔字写着不同内容的中国贺词，她一下子好感动。一个只有100多人的加拿大普通小学，居然能够把中国的文化渲染得如此地道，难道我们还有什么理由不爱我们的国家呢！

记得2013年，几个中国小留学生要在加拿大过春节，大年初一那一天，学校的校长特别批准中国孩子可以在学校玩一天。学校认为今天是中国人的一个重要节日，孩子们应该充分放松和享受快乐。他们这样做，对孩子的心理成长非常有好处。回国后，孩子们特别觉得有被突出尊重的感觉，那种被尊重的自信写在孩子们的脸上，也深深地印在孩子们的心中。这就是加拿大学校的教育，"以人为本"的教育理念，让留学生和他们的家长都有不同深度的感动。

慢节奏社会中的急性子人

儿子性子急、动作快，成了他自己特有的天性。我常常和他开玩笑，我说："你真是属猴子的，没个安稳样儿。"至少到加拿大前，毛毛草草，办事丢三落四，风风火火，不拘小节。不知道挨过我和他爸爸多少骂。

也不能一概而论，这种性格特有的亲和力也帮了他许多忙，在北京转学和在加拿大插班时，他能很快融入同学中。

但不管怎么样，这次前往加拿大最大的一个目的，就是要磨磨他的性子，让他的生活节奏变慢下来。

这对他来说是个非常大的挑战，在刚刚入住友好家庭和入读学校时，因为他的急性子闹出好多的误解和不愉快，他也吃了不少的苦头。因为他的动作快和反应度快，就给别人造成一种紧张感和压迫感，当别人不能跟上他的节奏的时候，他就显得格格不入。

而在加拿大一切均以"慢"字开头：人慢、车慢、性子慢，人们常说就连天上飞的鸽子都比中国慢半拍儿。

虽然加拿大人有些性子慢，这却变相地成就了他们温和的性格。特别是在加拿大小学里，学生不排名次，更没有学习上、中、下等的划分，所以儿子的快节奏就有点儿要和别人抢东西或抢时间的意味，起初让这些从小没有竞争意识的伙伴们，有一些难理解他的行为。

相反，久而久之，同学们的行为也开始影响着他，他的性子也有了好大的转变，变得现在非常享受这种慢节奏的和谐学习状态了。

他甚至有一天告诉我，加拿大人虽然做事慢，可他们做事很有条理，计划性很强，同学们很少出错，老师不用追着学生改错！

这不光反映在数学学习上，尤其是他的语言学习，老师纠正他的发音上不求快，有时候为了一个他总是发不好的音，每天都让他反复地读。以他以往的性子肯定生气了，但这几个月下来他也没脾气了。老师告诉他，是因为他还没有听清楚音就着急发声，所以才没发对。老师严格要求他从"听"开始就要耐下心来慢慢地听，这样才能听到细小的音节，在老师的耐心帮助下，他终于闯过发音欠准的难关。

加拿大的生活正所谓，慢中有快，快中有慢，慢慢快快，快快慢慢……

姥姥的短信内容摘选

第一条短信：

亲爱的女儿和女婿：请不要自责，适应一个陌生的环境需要时间，何况是个孩子，自己应该最了解自己的孩子，别人的意见也应参考，这一点你做得很好。教育方法各有不同，哪种适应自己的孩子是每个父母一生的探讨。何况你们的儿子是个个性很强的孩子，年纪又小，生活上也没受过多大的委屈，发生一切都是正常的，我们的忧虑也是正常的，随着时间的推移，我相信他会适应，同时又会有新的问题发生。无论下一步做出怎样的决定，都不要遗憾，利弊是可预判又不可预判的。只要他身心没有受到极大的伤害，他会变聪明的。有时简单的事会变得很复杂，复杂的事也许很简单就解决了。

第二条短信：

作出到加拿大一学期的学习决定，我想绝对不仅仅是为了学习英语，最大的收获应该是各种能力的锻炼，早早克服独生子女自我为中心，不能吃苦的共病。你们要多开导孩子多理解加妈的谨慎和负责。只有多沟通和多交流，才能把事情处理好。孩子猫一天狗一天是极正常的。一个人的自制能力不是天生的，需要在碰壁中逐渐醒悟。记得他过去遇事那个倔强劲儿，当时真让妈妈担心，今天不是也大有改变，过一阵子就会主动道歉吗！当初到民办学校不是也经历了很多的努力嘛！

第三条短信：

　　加妈对英语阅读的训练只要坚持下去，养成习惯，受益将是无尽的，这一点你应鼓励孩子。读书要学会思考，作题（做事）要养成严谨，触类旁通嘛！既答应去看孩子，孩子就开始数天，要希望他好好表现。吃饭的问题，我和你爸也有同感，随着人家的要求和你们的解释，适度调整一下带饭的量，会好起来的。相信他也在不断学习中、不断成长中。

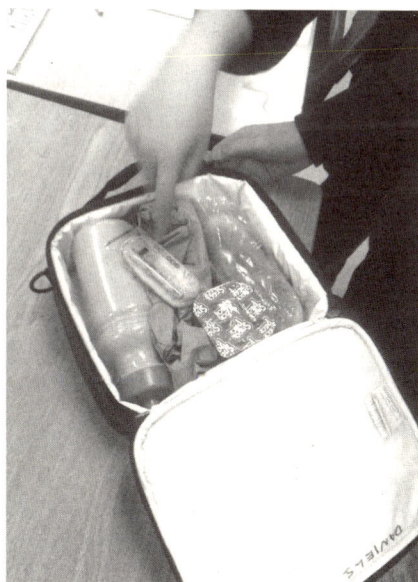

一封家书

亲爱的儿子，你好：

当你收到这封信的时候，妈妈和爸爸都希望你在各个方面已经适应了加拿大的生活和学习，因为这对你来说非常的重要。

今天你生活和学习在加拿大，首先要遵守一切和你有关系的规定，不管是学校和老师的要求，还是天天在一起生活的加妈和加爸的要求，都需要遵守。如果你做不到遵守规章制度，尊重别人，那么，又怎能得到别人的尊重呢？我和你爸非常非常理解你一个人在加拿大独立面对困难时的紧张，同时我们又佩服你的勇气，我们更相信你能用自己温和的语气和文明的行为去解决出现的问题。因为你是个懂道理的好孩子。

不管在加拿大还是中国，实际上语言不通是次要的问题，大家在一起生活更多的是在看行动和态度。如果你能做到谦让和分享，你就显得比别人更文明，这一点你在中国做得非常好。你在地铁上给老奶奶让座、在水世界把摔倒的小朋友扶起，都说明你有一颗善良的心。儿子！原来你做什么事情不是也能先想到别人而不是自己吗！这是你身上非常大的优点，妈妈和爸爸都为你有这么多的优点而骄傲。在加拿大生活和学习，同样更需要你用这些优点证明你自己。

在参加各种游戏活动时，你不要太争先恐后去抢那个第一，你想别的小朋友也有争第一的愿望啊！你自己不以为然，时间长了，别人就会误以为你有强烈的占有心，这一点非常非常不文明。如果在别人排队的时候，你能礼让别人，我想大家更感谢你，下次更想和你一起玩。我相信你会做得更好。

在加拿大，加爸和加妈对你的每一个要求，都是出于对你的关心与帮助。因为在你英文还不好，甚至对周边环境不很熟悉的时候，他们的每一点要求，都是对你的保护和对你进步的关心，可能你开始不理解也不想去做，但是当你能够感受到这是出于大家对你的关爱的时候，你就能心平气和地按照要求去做了，而不是生气。爸爸和你讲过许多次，人不可以赌气，那样你自己不开心，同时也让别人不开心。要慢慢适应周边的环境，要让自己学会调整自己的心情，不能靠生气解决问题。实际上你放松一些，开心一些，有些事情自己也能解决了。当你不高兴或者生气的时候，坚决不允许对别人大吼大叫，这样不但没解决问题，还让别人觉得你的态度非常差，不文明，既失去了朋友，也失去了大家帮你的机会。

加拿大学校和中国学校是一样的。加爸加妈都要每天检查你的作业，不管任何形式的作业，你都必须每天自觉地拿出来，让加妈或加爸检查，这个你必须做到。前几天，你不理解加妈对你每天30分钟阅读的要求，但是，今天妈妈给你解释了坚持阅读的重要性，你就能按时去做了，这就证明你是个非常懂事和守规矩的孩子。儿子！你要知道所有的事情都是一样的，只有付出才有回报，你不理解的事，家长可以给你解释，但听懂道理后，就要去努力做，这样你才能一天一天长大。

你有时紧张不安，甚至因为语言不通而引起别人对你的误会，这些都可以理解，大家也会帮助你。不管在国内还是国外，你都需要成人的帮助，大家都会包容你的过错，但肯定不会放纵你的过错。所以也请你能仔细地想一想妈妈和爸爸苦口婆心的劝说。

妈妈和爸爸，实际和你一样，也要不断地学习和改正自己的缺点，因为我们也想让自己变得更文明更有礼貌一些，变得能让大家喜欢我们，所以你不在我们身边的时候，我们也在学习，也在努力地工作。妈妈和爸爸也希望和你一起进步。在一点一滴的进步中，让自己更强大起来。所以妈妈和爸爸希望你能做到：

（1）试着学会声音低一些说话，实际上大家都能听得到。

（2）每天要做安全的事情，包括不去争先恐后地抢位置或排队，这都是不文明的行为。

（3）要学会正确表达自己的情绪，特别是要学会和大家互相适应，例如不把固定时间打电话或吃饭看得那么重要，早一点或晚一点都没关系，只有这样你才心情舒畅。

（4）加妈和妈妈一样，都要对你的作业负责，不管是阅读还是朗读，甚至是作业本上的书写作业，所以你必须每天拿出来给加妈检查，这是学校老师对家长和学生的共同要求。

妈妈和爸爸和你想说的事情很多。不管事情有多少，你只要用你的真心和耐心去慢慢地做，再大的困难都能克服。

我们相信你在加拿大的每一天，都是你慢慢学会面对自己和了解自己的每一天，不要太着急。今天就到这里了，希望你用你的进步告诉我们你懂事了长大了。

永远爱你的妈妈爸爸

××年××月××日

教育是一个试误的过程

　　周一早上发的朋友圈引言，谈到小同志又有一堆新的困扰后，引来众多粉丝的关注，没办法，我又和大家简述了一遍。男爸爸粉丝们坚决同意买，女妈妈粉丝们觉得应该慎重。原因是他要过生日了，自己希望能做主买一个加拿大游戏机，说了一堆理由，我还是挺犹豫，没答应他。所有爸爸们觉得应该给孩子一个证明自己的机会，既有决定权又有管理权，不能既要放手又要管死。这几天我也在反省自己。的确这几个月加拿大友好家庭的教育生活环境，给孩子划定了一个界限，懂得什么事可以做，什么事不可以做。至于具体怎么做，那由孩子自己去想办法，任由孩子发挥。只要做了，不管是做得好，还是做得差，都会极力地表扬："太好了！好极了！"即使孩子做得有些不完善，他们也是先表扬："你做得非常好！"然后再建议："如果能再改一点那就更好了！"一旦，自己孩子做了不该做的事，是要严厉批评，并讲明道理的。看来，什么事可以做，什么事不可以做，需要家长和孩子事先做出正确的判断。

　　然而，事实上孩子成长的过程却是一个不断犯错误、不断纠正错误的过程。教育也是一个试误的过程。在不断纠正错误的过程中，首先让孩子树立起正确的观念，其次是培养孩子判断是非的能力和面临道德情境时的选择能力，第三才是培养孩子具体做事的能力。我们无数的家长，在培养孩子的过程中，常常也是在试误中前行。不过，以上三点的顺序是万不可以颠倒的。

一句顶万句

昨天半夜两点，儿子打来电话要视频，虽然之前我们也有过几次半夜视频的经历，但是这次看着他急促的样子，一上来就和我讲，"妈妈，我想和你说一件事情，你可能不会答应。"我说："你可以说来听听。"他说："妈妈，我能不能一直在这里读下去，因为我开始喜欢这里了。"我说："你再说得仔细一些。"他说："他喜欢学校和同学们了，想想2月底就要回国，真不舍得离开他们，能不能再读半年？"

听到这段话，我禁不住自私地长长地出了一口气，回忆过去的时光，我可能承受了其他家长无法体会到的压力，因为在这几个月里，他几次痛哭地告诉我："妈妈，我再也不来加拿大了，长大也不来了，我不能离开你和爸爸，我要永远和你们生活在一起。"

当时，我听到他这样地自述，甚至在挂掉电话后，在家里自责心疼地大声痛哭过，为什么他的体验度这么低？是不是我给他的压力太大？

我去找过往的带队老师咨询，好几位带队老师宽慰我说："时间还没有到，你太心急，再等等。这个项目在中国已经执行了将近10年了，还真没有出现过哪一位孩子不喜欢加拿大，只是每个孩子发自内心喜欢的时间早晚不一样罢了，你再等等。"

我甚至把自己能接受的程度放到了最低，他肯定未来不会再来加拿大了，他不喜欢加拿大，无疑是对我十多年职业经历的否定，但如果真是这样的感受，可能我也必须面对，因为他的体验永远都是真实的。

时间一天天过去，我就这样耐着性子企盼着，甚至比平时更加和颜悦色地做好我是一个听众的角色，倾听着他一段又一段的经历，感受着他的一点一滴变化。

直到今天凌晨他告诉了我，他希望留下来。虽然他的想法不可能实现，他肯定要回来继续中文的学习的，因为中文才是他的根，只有把中文学好了，他才有规划自己未来的发言权。

我理解，二月底回国让他很失望，但他还是很平静地接受了。告诉我："妈妈，如果未来还来加拿大的话，我一定要去看我的同学与老师。"一个懂得珍惜与感恩的孩子，一定是我最帅的儿子。

我已经无话可说了。在静静的沉思中，我反复回味着这段时间我们全家人品尝到的甜酸苦辣。瞬间，一股坚定与自信在我心中升腾，仿佛又有千言万语要向他、向所有的亲人和同事们表白，我的事业是有希望的，我的儿子是有希望的，我们的所有留学生孩子们是有希望的。

权利与义务，自由与担当

　　"我有权利……""你有义务……"这常常是儿子就某些事情和我争辩时的说辞。特别是9月份抵达加拿大后，他遇到很多困难，反复地向我提出："妈妈，我想回国，不想在加拿大了。"我说："半年前，我就把选择权交给了你，你有半年的考虑时间，你最后的决定是愿意来。我们并没有剥夺你自己做决定的权力，当权力和义务相并存时，一个人一旦决定了，就必须对自己负责，就有义务把这段经历完整地走下来，这不仅是对自己负责，更是自己对自己权利的担当。"

　　话虽是这么说，但我的心也常常是矛盾的，我无数次地觉得，他太小，不应该去；又无数次地觉得应该帮助他去面对长大！就这样反反复复，他走过了将近3个月独立成长的日子。目前，他不再片面地强调权利和自由，更多地学会了义务和担当。

　　今天，我找到了加拿大小学生的权利与义务的内容。权利：有自己的名字和国家；有朋友玩乐、有住所、吃得饱、穿得暖、过和平的生活；有干净的水和空气；有权利接受教育。义务：保护环境；倾听父母、教师和发言的人说话；尊重自己，也尊重他人；认真做家务；尊重安全规则；按时回家；学习解决问题的办法。

　　我从自己孩子在加拿大生活和学习的经历中，深深地感觉到，加拿大的权利义务教育，更注重让孩子充分享受自己应该享受的权利，切切实实做好身边的事情，自己要对自己的决定负责，自己要对自己的行为负责，担当起自己应尽的义务。

我周围的家长常常聚在一起议论，如今的孩子无理的要求和索取太多了，越满足他们，他们就越不懂得知足。

学校的老师说是我们惯的，我们又埋怨是老人们惯的，真是说不清，道不明。孩子们常常关心的是自己的权利和自由，殊不知，在孩子成长的道路上，缺少"义务"和"担当"的教育是换不来他们想要的"自由"和"权利"的。请不要让我们无私的爱娇惯出自私的一代。

换一个角度谈心

儿子不满10岁，和他的同学（包括跆拳道的小朋友）年龄基本相仿，可能有的小伙伴比他还小。他外向的性格，常带给人的印象是"太淘了"。可能全世界这个年龄段的孩子基本都属于"人嫌狗不爱"的主儿。

每一次他叙述在小朋友中受到的委屈时，有时候可以用"声情并茂，苦大仇深"来形容。这就是我们习惯说的小孩子告状了。电话这头我们听得都想笑出声来，但又担心他心理受刺激，只好强压着情绪听他讲完。实际上也就是一些鸡毛蒜皮的小事，双方应各打四十大板。以往，我都是从大人的角度给他讲道理，开导他不要太计较，小朋友在一起磕磕碰碰没关系，同时要多站在别人的角度上想问题……反正就是这种大道理讲了一箩筐，后来发现既没效果，还让他还产生了逆反心理，他说："你怎么总是和别人是一伙儿的，咱俩才是一家。"听完这句话，我猛然觉得我实际上忘记了他需要什么。

自己一个人在外生活，往往他更多的抱怨是想寻求一种心理的安慰，让妈妈对他此时的心情表示认同，如果隔着半个地球只讲那些大道理，真不如体谅一下孩子的心境，让孩子觉得温暖有效。于是，我换了一个角度、一种思维和他交流。

每周五，跆拳道馆的教练都会让孩子们带自己喜欢的东西到班里玩，利用休息一个小时的时间给孩子们订"比萨"或开个小型PARTY。让小朋友在放松快乐的心境中，学习拳技。他说："有一个小同学拿IPAD到班里，总是自己玩不给大家玩。我平时对他特别好，也不给我玩，我很生气。我在中国也有IPAD的！"听到这里，我把他讲的委屈用很同情的语气重复了一遍，"就是你也有IPAD不稀罕他的。"他在电话那头还是很生气，我说："这样吧，妈妈过几天就去了，带去你的IPAD，你可以行使你的权利，爱给谁玩就给谁玩。"儿子一听马上就说："对，妈妈我也有权利。"这样我们之后的谈话就能非常愉快地进行下去了。

快要结束谈话时，我又把刚才的话题重新拉回来，我说："大家都有自己的权利，你想要交朋友，就不能太小气，如果你和那个小朋友一样，那么朋友就会和你越离越远。你肯定不愿和他一样对吧。但每个人也有保护自己东西的权利，你最心爱的东西肯定也不愿意让别人动。你们都是孩子，有自己的想法和做法都是正常的。"

我谈心角度的转换，可能还达不到立竿见影的效果，但我的潜意识告诉我，孩子就是孩子，每个孩子有每个孩子的个性特点，每个孩子在成长的各个阶段的表现也不尽相同。做父母的，只有清醒地知道自己的孩子此时需要什么，对症下药地给他们即时的帮助，就会有你希望的结果。（只是自己的体验，愿意和大家探讨。）

用"心"和"行"爱孩子

我们要做什么样的父母，是用"心"来爱孩子的父母，还是用"行"来爱孩子的父母，这句话得益于我的同事。同时，也更多地体现了家长们在教育孩子过程中所采取的方式。

昨天，结束了一个月忙碌的公务后，回归到我平静的生活。作为我这个后知后觉的"后妈"，结结实实地跑到儿子的房间哭了一场。

今天，是孩子自己在外独立生活整整一个月了。不到10岁的孩子，在一个月里经历了方方面面的不易与挫折，听在耳里疼在心上。首先是语言不能得体运用所造成的误解，其次是文化背景不同所引起的冲突。10岁孩子在逆反心理下，能振作起来重新认识自己和理解别人吗？此时我才发现这个项目对他产生的影响远远比我想象得多。

我的同事告诉我，我现在唯一应该做的就是，放手放手再放手。她们说："他被误解也是极正常的，人不可能一辈子要求别人能正确理解你，那是对别人的苛责，他自己身上和心理上没有伤痛，他就不会长记性，随着时间的推移，你一定会看到一个不一样的儿子。"同事的话给了我力量，我希望自己在反省中找到坚强。

我只能告诉我自己，这些年，作为妈妈没给他做好充足的心理准备，没有在行为习惯上太刻意地提出相应的要求，总之，缺乏严格，缺乏细化、缺乏耐心。把他教育得不够绅士是我的责任。该要反思训诫的是我，而不是孩子。所以我要做一个既用"心"又用"行"来疼孩子的母亲。

今天我更希望我的儿子勇敢地战胜种种不适应，明辨是非，克服自己的坏毛病，成为一个文明的小绅士、坚强的小战士。我多么企盼这一天早点儿到来啊！

信仰的认识

早上儿子来电话告诉我，周六的一天过得很愉快，玩得也高兴，吃到了世界上最好吃的寿司，吃到很撑。我问他还做了什么，他并没有很直接地回答我，而是说："妈妈，我突然发现，原来每个周末都要去做工作和帮助别人。"我说："你做了什么样的事情可以称为'工作'。"他说："上周我们去完教堂后，做了好多三明治给老爷爷和老奶奶送去，这周我们从教堂出来，又去给学校整理花园拔草了。加妈说每周我们去完教堂后，都要去做一些帮助别人的事情才可以。妈妈，原来做礼拜就是为了帮助别人。"

我听完后，突然有泪水涌出，在他平淡地讲述中，我脑子里快速地在倒带，倒到了他出发的前两天，我和爱人竟然发现我们忘掉了一个环节，忘记了告诉他，他要去的是一所教会学校上学，在一个有信仰的友好家庭居住。我们把事情想简单了。

此时，我们才意识到，信仰接受的问题对这个小小心灵原比我们想象中难。我推荐他爸爸和他谈这个事情，父子俩很正式地谈到，上帝造人、圣诞节、圣经，要接受桌前祈祷，和家庭一起去教堂等等活动。还没等到谈完，儿子就直接冲进卧室，拿出一本书，当我看到书的封面时，差点晕过去，居然是一本《我是谁》，我知道这本书是讲人和许多动物的生命进化的，儿子说："我从来没有听过上帝的故事，人是动物进化来的。"由于我们对教义这方面的知识也是一知半解，也说服不了他，大家只能不欢而散。我心想，这不行啊，如果他真不参与友好家庭的这些活动，这在基督教家庭里就很难融合。

第二天，我们又在他心情高兴的时候继续讲，这次我毛遂自荐，亲自和他讲。我说："上帝让自己钉在十字架上来受苦，而让其他人来享受生活，就这一点，他就是个让大家尊重和敬仰的人，上帝用他的生命和爱去帮助和包容别人，他的胸怀一定比我们更宽广，我们就应该去学习他的精神。"这次真的把这个小家伙给说服了，儿子不再反抗了，只是答应他会跟着去做。

今天从他小小的内心告诉我，信仰上帝就是要帮助别人，就是要去做义工。我觉得就足够足够了。他可以用熟悉的英文给我说餐前祈祷的话，我说："你知道每一句的意思吗？"他说："不知道，但好像是感谢的话，加妈和老师说这个很重要，所以我天天都说，就说得很熟练。"

今天听完他给我讲的，我再没有像往常一样给他讲大道理，我变成了一个倾听者，我希望从今天开始，孩子的每一句话像小溪从我心田流过，让我感受到他内心的洁净、亮丽。

他比我10岁时走的路要多，看到的世界也更大，他完全有资历成为一个讲述者，我愿意做孩子最忠实和最忠诚的倾听者。

请小心说"不"

这个故事发生在2013年夏天，我们第一次在加拿大居住了一个月时。

有一天，我们所住的小区门前，有4个小女生结伴载歌载舞。儿子和爸爸路过回家，他俩看到这种场景时，都有些惊讶，这既不是节日又没有舞台，大白天的，怎么跑到小区门口跳舞？他们停下脚步，站在那里兴趣盎然地足足看了将近有几分钟。

4个小女生一看有人在欣赏她们的舞蹈，跳得更来劲了，在跳完舞蹈后，突然4个人围上来手里拿着一个盒子，边比画边说英文。先生和儿子听不懂讲什么，他们被一下子弄懵了。儿子情急之下边讲No，No，No，边急速离开。

回家后，他不好意思地跟我说："妈妈，我说No后，她们好像很失望的样子，是不是我不应该说No。"我笑了笑说："你知道他们在做什么吗？"儿子说："不知道。"我说："她们在做义工，她们是希望你们买下东西作为捐款，具体是什么内容的义工，妈妈不太了解，但是这是她们的工作。当她们在努力工作的时候，我们不能轻易地去说No。因为你是第一次，没关系，以后再看到这种情况，你可以选择说'谢谢，我不参与'，比生硬直接地说No更好一些。"

这次我们去看他时，正赶上要过万圣节，我们又一次目睹了这样的义工场面。周末各大超市门口，都有一些做义工的中学生，他们用售卖东西的方式在募捐。

在加拿大中学生都要参加这样的活动，特别是高中生，完成30个小时义工的学分，是每个高中生能顺利毕业的必要条件。学生已经养成了一种行为习惯，没有为了拿学分去简单应付的态度，而是认认真真，一丝不苟地参加义工活动，因为义工会让孩子们懂得做任何事都不容易，赚一分钱都要花费心思和精力。这些孩子们尽心尽力，这其中的艰辛并不是卖出去多少东西，而是被别人拒绝后，孩子们还有没有勇气，再去问下一个人。

有时候，我们遇到孩子们在做义工，便会主动上前接过他们手里的东西，只觉得上面蕴含着孩子们的善心、义举和责任，那个"不"字真是说不出口的。

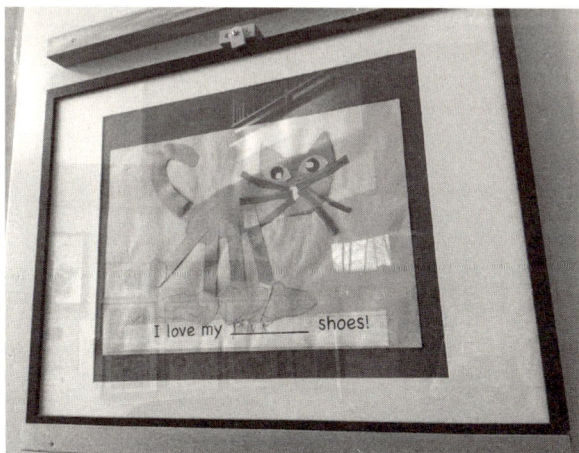

时差和胃差

别忘了到海外，不光要"倒时差"，还要"倒胃差"，这个对学生尤其重要。要说这个道理，可能对于我们大人来说见怪不怪。我们经常和马上要抵达加拿大的学生提起这两件事情，学生们倒完时差后，他们胃差倒得如何，可能也就变得顺理成章了。

但就这个小小的问题，在儿子身上居然成了一个要关心的头等大事，他不太喜欢西餐的早餐的种类，所以又不愿意尝试去吃，以至于早餐吃得较少，加妈给他拿的午餐包，到第二节课结束的时候就吃得差不多了，午餐一直都不够吃。每天晚上放学回家后，他就吃得很多，晚上7:30友好家庭就开始准备睡觉，所以消化系统还没有怎么工作，他就睡觉了。第二天早上，他又不饿，也就不想吃。早餐这样持续了一周后，加妈很担心他的晚餐食量很大会导致他睡眠质量下降，特别和他沟通这件事情，讲了这种不合理进餐的危害性，要他学会努力尝试去和中国一样，早餐要吃得多，午餐要吃好，晚餐吃够就可以了，不能吃撑了，这样对身体只有好处没有坏处。

这位加妈太会做饭了，天天换着花样给他们做吃的，也就难怪儿子的中国胃遇到了西餐时有些不适应。这也没什么好的办法，只能是留给时间慢慢去调整了，急是急不来的事情。

拥抱世界的"胃"

看过《舌尖上的中国》纪录片后，你会为我们祖国丰富多彩的饮食文化而感到自豪。你也想到处走走，尝尝那美味佳肴。然而当你来到国外，一连吃上几天西餐，对于成年人的你，可能就会愁眉苦脸了。

然而，我们赴加拿大插班一个学期的小留学生，他们适应西餐的能力，远比与他们一起留学的大哥哥、大姐姐强。大家分析，可能是他们的胃还没有被中国食物同化到不可颠覆的地步！所以，家长敢拿出半年的时间，让他们去体验国外的饮食文化，增长世界饮食文化的见识，为他们将来立足世界打开一扇窗。这不能说是委曲他们，应该是锻炼他们。

我们也常常和各个年龄段的留学生交谈，询问友好家庭为他们安排的各种饭菜。他们说："比萨、汉堡、薯条、奶酪……我们并不生疏，也是我们的最爱。为了让我们吃得更健康，加妈会变着花样地给我们做西餐，荤素搭配。偶尔也会做一顿米饭、意大利面条。我们想吃多少就吃多少。只是加妈告诉我们不要撑着，这样对身体不好。"记得一位高年级留学生风趣地说："适应需要一个过程，我们的胃口真好，吃嘛嘛香。"

人们常说："坚守一个习惯，就是向世界关上了一扇门。"让我们的孩子打开大门，用自己健康的胃去拥抱世界的饮食。

从卫生间开始的相处

每一年，我们对学生都要组织行前培训，虽然新案例不断增加，但都无法遮盖住我们对老案例的追忆，并不是我们恋恋不舍，而是因为这些案例是年年讲、年年出现。

进入加拿大家庭，学生最先了解的第一堂中西文化课，居然是如何使用卫生间。这里要以实例说明，几年前，我们对一个夏令营团队在行前培训中，反复强调同学们洗澡时务必要把浴帘放在浴缸中，然后再开始洗澡，这样洗澡水就会顺浴帘流入水槽中。

当年，一位女学生因为和一位老师居住，完全不去听我们的行前培训要求，内心觉得会有老师照顾她。入住友好家庭后没有几天，就发生了"惨案"，和她同住的带队老师在学生洗完澡进入浴室后，仰面摔滑倒在地上，造成尾椎骨断裂，被送到加拿大医院急诊，老师回国后，公休半年才上班。

这惨案的发生一再警示我们，良好的行为习惯的养成是多么重要啊。

更让人痛心的事情是，我们反复强调学生不可以在卧室吃东西。因为在加拿大，蚂蚁真的会闻着味道找上门来，我们的孩子们太小，控制力又很弱，常常偷偷把零食装在书包中，带到卧室去吃，吃完的包装袋，不好意思扔到楼下的垃圾箱中，又怕被加妈发现，便随手装在塑料袋一起扔到了马桶中。

　　之后，这个家庭的卫生间就会"水漫金山"，导致整个别墅循环系统的瘫痪，卫生间的地毯、下墙边，甚至站在楼下都能看到楼上浸湿尿渍的楼板。

　　当我们的老师被教育局和友好家庭拉去看这个场景时，我们真的觉得很尴尬。随后，要请不同工种的工人来换地毯、铲墙皮、刷墙面等等，加拿大昂贵的人工成本，修完整个卫生间，没个3000加币是下不来的。

　　从此，这个家庭再也不会接待中国学生了，我们把这种事件称为"马桶效应"，这就是年年尝新的"老案例"。

　　再如，加拿大家庭房间几乎都是地毯，要求学生必须洗完手擦干了再离开卫生间，台面水渍的及时擦干，水槽中女同学长头发的清理以及洗澡时间的长短等等生活细节的问题，我们常和学生讲，请关注卫生间，多"回头一眸"，让卫生间如你刚进来一样干净整洁。

　　可能这些小事，我们的孩子平时并不在意，但个人良好行为习惯的养成，必须从小时候抓起，必须从生活中的点滴小事做起。

加拿大的家规

记得2014年春节期间，新闻媒体广泛地传播着中国优秀的传统家规，对我影响巨大。回顾我们兄妹三人的成长经历，父母教导的家庭规矩，给我们今天如何做人、如何做事奠定了坚实的基础。

有一天，我在做完讲座后，一位家长问我："老师，我们孩子要去加拿大了，您看我们需要做哪些准备？"听完这个问题，我脑海里马上蹦出来的就是这两个字"家规"。当时我就告诉家长："除了物质上的准备外，重新拾起我们中国最传统的优秀家规来教育我们的孩子，就是帮助他们做好赴加之前的精神准备。"

儿子在加拿大的经历深刻地告诉我，我们中国的一些家规与家教，不管放在地球的什么地方都是最优秀的。加拿大也有家规，和我们的家规有共同之处，但也有他们的独特之处。例如：他们要求未成年孩子正确使用请示的问句，来征得大人的同意和表示对大人的尊敬，如打开电视、开冰箱取东西、是否可以在餐间多加饭量及超市买东西等等，这与我们的《弟子规》"事虽小，勿擅为；苟擅为，子道亏"的教导相同。

起初儿子对这种家规非常不适应，很不习惯这种要求，认为做什么事情都要去问、去征得同意后才可以做，没有必要。在中国我们往往因为工作忙，而忽略了这种规矩的教育，习惯给他自己决定去做事情的自由与空间。他过去的自由行为如今受到约束，暂时想不通，做不到是很自然的，但万不可因为自己的不习惯，有抵触情绪而不去做。我突然觉得心里被纠了一下，我需要正面地告诉孩子，每个家庭都有每个家庭的家规，我们需要去遵守。况且友好家庭里对所有的孩子，包括加弟在内都是统一的要求，这里面不存在公平不公平。如果你自己有需求就要勇敢而有礼貌地去争取，一句简单郑重的询问"May I...?"既可以表达你对加妈的尊敬，同时又能很完整表述你的意愿与需求，难道不应该去试着接受这个家规吗？他表示他同意，我也安心了许多。

好的家规不但属于中国，也属于世界，随着时间的推移，他会习惯和理解的。

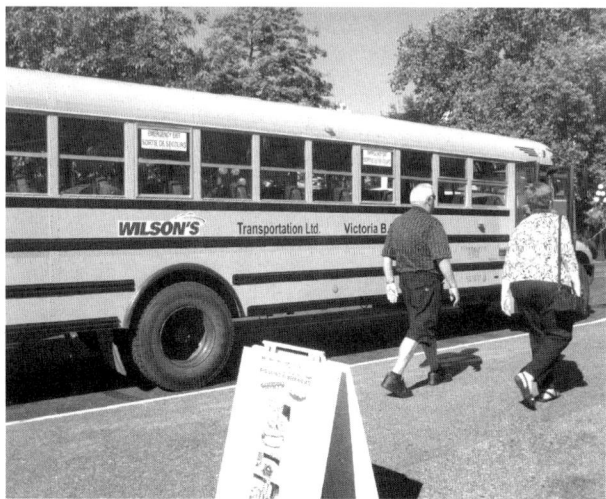

洋串门

两个月的时间过去了，儿子基本上熟悉了周围的环境，并对当地的风土人情有了一些了解。他利用加拿大同学之前爱串门的特点，展开了自己的"外交活动"。生活也开始变得丰富多彩起来。

在加拿大本土的同学家庭之间，家长都非常支持孩子们这种走出去、请进来的交流形式。孩子们有时候是互相参加生日PARTY，有时候是一起欢度节日，有时候更多的是简简单单的"串门"。到同学家开心地玩半天或一天，时间是相对宽松的。孩子们的活动也比较随性，他们可以在主人家的后花园里玩，也可以到主人家小区的游乐场去玩。主人会准备各种简单的便餐，招待这些小客人们。孩子们聚在一起玩得放松，玩得尽兴，玩出了友谊、玩出了感情。

这里也有一些加拿大家庭的规矩，那就是一定要在双方父母事先通过电话、并且在他们允许的情况下，然后由一方的妈妈或爸爸送到同学家，接孩子的时候，也尽量是当天送来孩子的妈妈或爸爸，最好不要换人。一是负责，二是安全，三就是家长间的简单交流致谢了。孩子在饮食上或活动中有一些注意事项，家长双方都要当面讲清楚。大家慢慢熟悉了，"串门"的次数也就越来越多了。

前不久，儿子又被我同事的孩子邀请去他们家一起玩、一起吃美食。在跆拳道班，他认识了一个北京阿姨，被阿姨邀请到家里吃了葱花饼和炒土豆丝，喝了美味粥，还和阿姨家的弟弟玩了半天。班里好几个同学都邀请他去串门，参加他们的PARTY。他在加拿大的日子开始过得自自然然、平平静静、有滋有味了。儿子变了！不再是难以与别人沟通、常被别人误会，而是主动与别人交流、享受交流给他带来的快乐；不再是单方面要求别人对他好，而是懂得理解别人，尊重别人，自觉地按照各种规矩去约束自己的行为……愿意和他一起学习、一起玩耍的小朋友也越来越多。

一段平静的日子过后，开始做圣诞节的准备了。儿子说他和几个小朋友要到高斯山去滑雪五天，自己有点激动得睡不着觉。孩子开心我就开心，让我们和孩子一起品尝留学生活中的酸甜苦辣。

学会安排自己的空余时间

对刚到加拿大的孩子来说，周六和周日是他们情绪非常反差的两天。周六友好家庭安排了许多活动，孩子们有事干就开心。而周日需要和加妈在家整理房间，休息或者自己玩。即使是这样，孩子们还是有大段的时间空出来，不知要干些什么。

我儿子就犯这毛病，这几次都是周六来电话讲他一周快乐的事情，周日，讲他这一周不高兴的事情，所以对他来说学会安排空余时间，真的很重要。

实际上这个话题，也是我们这个阶段面试学生首先要问的问题，往往学生回答都会说，我没有空余时间，在家里，家长给我安排了许多事情，我从来没有空余时间，也不知道如何独立支配空余时间！目前这个问题成了我们留学生最为头痛的问题。也是常年做留学工作的我和留学生家长共同关注的话题。

加拿大下午两点半学生放学回家，本土学生用足够的时间去参加踢球、做游戏、看电视，更多的时间要去看书或参加自己喜欢的活动。稍大一些的孩子是要充分利用空余时间去图书馆做作业和查资料。因为我们的孩子缺少自己支配时间的意识，没有训练过自己管理好自己时间的能力，常常浪费了大好的时间在那里傻待着，只留下一样儿——想家。

有一种教育理念值得我们深思，"会玩才会学"。加拿大人认为孩子如果连玩都不会，更别提会学了。即使学得再好，也无非是一台"学习机器"。我们成年人都有深刻的体会。

人一生中会有很多时间需要自己去管理。因此，有效地安排自己空余时间的能力也需要从小培养。适当给孩子一些独立支配时间的权利和机会。长大后，他们一定会既有时间观念，又会把自己的生活搞得丰富多彩。

在跆拳道班的快乐

　　经过一个月自己独立在外的生活，其间的酸甜苦辣只有他自己最有发言权。作为旁观者所有概念性的定义，都显得那么苍白无力。因为天下所有孩子的成长，都是在一个动态发展中进行的，他们有自己的兴趣，家长万不可以随便用成人化的公式来要求他们。

　　经过前期游泳课的两次调整，他还是觉得，他放学后除了完成家庭作业外，还想参加他喜欢的活动。终于在上周他放弃了游泳班，每天下午3:00至6:00去参加跆拳道班的活动。因为在幼儿园时，他就参加过园内组织的跆拳道班活动，有基础，也符合他爱动的特点，我们也就同意了。加拿大的跆拳道班，更像一个小小的社团，不仅教跆拳道，而且还要安排辅导学生的功课，举行周五小型PARTY活动，同时有许多书来读，依他介绍，跆拳道班还会在感恩节组织不同的活动，让孩子们踊跃参加。这段日子他认识了很多新的小朋友，虽然每天都累到极点，但是他很高兴。他第一次告诉我："妈妈，我很忙，周六不能和你通话了。以后每周六我都要去图书馆，和韩国小朋友团队一起活动。周日才能和你视频，但是周日我们还要去教堂，然后去学校做义工。加妈告诉我只能在周日早上7:00与你视频，不过你们那边是半夜。"我告诉他，只要你健康快乐地过好每一天，我们就是你随叫随到的网友。

慢慢学会控制自己的情绪

从上周开始，我一直给他灌输要慢慢学会控制自己情绪的道理。现在他已经能从一打电话就哭哭啼啼，到能平静地复述他一天的活动与感受；从每天打电话过渡到两天打一次。看似很小的变化，但对他来说这简直是天大的进步。

本周二，他以平静的语气说："妈妈，我明天不打电话给你了，我隔一天再打电话给你。"我说："好的，那你自己把两天的事情整理一下，后天再告诉我。"昨天真的没有收到他的电话，我心里一阵暗喜，他做到了承诺，学会了控制自己的情绪。

今天一早5:00，加妈就发短信提示我，孩子昨天没打电话给我，今天让我务必注意接听电话，她会马上接他回家后，第一时间让他打电话给我。我好感动，加妈这么细心，用温暖的国际短信提醒我，短短的几句话，却透出了加妈对儿子的包容与对我的理解。

我很难想象，如果一个不足10岁的孩子住在我们家，我是不是可以给他这么有责任的照顾。可能我真个做不到，此时任何语言都不能表达我对加妈的感激。

他一放学回家，就打电话过来，向我讲述了学校要举办一个长跑活动，他报了名，可能跑不下来，但他还是想报名试试。这几天他和同学们踢足球，踢进去了好几个球，同学们都高兴得不得了。每天还穿短裤，早上出门时有点冷，但到学校就不冷了。每天上午和下午，包括中午吃完饭后，老师要求学生必须到操场上活动，不允许在教室里待着，要去做运动，所以不冷。我只是告诉他冷热自知，随你喜好，照顾好自己别感冒了。我说："你再给你爸爸打个电话，爸爸可能在上班的路上。"他告诉我，他的IP电话卡还有一个小时的通话时间，他要节约一下，让我替他转告一下爸爸，他就不打电话给爸爸了，明天也不打电话了，后天再说吧。这样就结束了我们的通话。

今天，他已经可以很平静地讲"再见"和"I love you"。对了，他今天还告诉我，他们每天吃完饭，都要自己把碗盘放回水池中，还要正式走到加妈和加爸的身边讲："谢谢爸爸妈妈，我吃完饭了。"然后，他们才可以去玩。他说这是友好家庭的规矩，弟弟和Eddie，还有他都要认真地说才可以。

我对友好家庭的这种要求很认可。从儿子的表述中，我察觉到他还是遵守这些规矩，学着去做的。这就是一个大变化，值得肯定。

我自感不如。常常是对孩子大道理讲了一大堆，当遇到具体问题了，我就自责平时想得不够细，又没有精力去坚持，虎头蛇尾的。这是教育孩子的一大忌呀！培养孩子的文明举止，感恩之心就是从这些不起眼的小事开始做起的，我要向加妈学习。

大家关注沟通中的问题

今天来电话，儿子讲了他目前感到困惑的一个问题，他说，有时候加妈在家里不光说英语，还和加爸、爷爷奶奶说一种他听不懂的语言，他很不舒服，有一种不被认同的感觉。我也理解儿子，现在他缺少一种安全感，他害怕周围人的指责、害怕别人的议论，他对别人充满了怀疑。看来，他误会加妈了，必须给他解开这个心结。

我告诉他，加拿大原本是一个多元化移民的国家。一个普通的加拿大家庭，拥有两种以上的语言是太正常了。他的友好家庭是西班牙后裔，西班牙语和英语在家庭中并用，是加妈和加爸生活中的一个习惯。

我问他："你们班上有一个新加坡的同学，是可以讲中文的，这几天你在班里是不是也和这个同学在讲中文？"他说："是。"我又问他："你在和新加坡同学讲中文的时候，你们其他的加拿大同学有没有不舒服的感觉呢？"他说："不知道。"我接着说："同学们听不懂你俩在讲什么，也会有各种各样的猜测。这是极为正常的。就像妈妈在姥姥家，要和姥姥讲家乡话时，你强烈地反对，要求我们讲普通话。实际上我们内心并没有想排斥谁，只是我们家乡话发自内心的正常表达。偶尔，你不是还能学上几句，姥姥还夸你学得很像吗！如果你能体谅这一点，你就不会介意加妈用你不熟悉的语言沟通了。这个里面没有'对'与'错'，有的更多是你接受不接受这种表达习惯，你接受了，你的内心就不纠结了，你就释然了。希望你尽快适应这种环境，以后多照顾别人的感觉，在班里即使和新加坡小朋友讲话，也要尽量讲英文，让班里的加拿大同学更愿意和你沟通。"我随后问他："你听得懂吗？"他说："听得懂。"

我想这就足够了，至于他会不会马上实施到学习与生活中，可能还需要一段时间，但是我把这个道理讲给他听，对他才是公平的。

我们孩子们到了异国他乡，尽最大的努力用最短时间，过好语言沟通这一关，学会理解彼此的差异，我觉得尤为重要。

我常常对他们说：语言也是一门艺术，要想学会更好的交流，首先要学会尊重别人，要讲让别人听了明白舒服有感染力的话，这样你们才能融入一个团队里。

我还以自己工作体验来启示他们，我们和加拿大本土的同事一起工作时，在我们的现实职场中，经常要照顾彼此的感觉，即使有一位加拿大本土的同事在场，我们其他中国员工都要尽量用英文来完成会议。这样做既是工作的需要，又体现了我们对他的尊重，大家都很满意。

了解别人，对照自己

关于中加生活的不同或相似之处应该有很多很多，我选择性地写了一些，希望能够帮助到孩子们：

（1）在加拿大12岁以下的孩子是不允许喝可乐等碳酸饮料的，同时可口可乐公司在欧盟的营销上也有明确的规定，所以我们也建议我们的学生不买可乐等饮料，更不允许带回友好家庭，这样就不会影响别人家的小孩子，"为什么他们可以喝，我们不可以喝？"这给友好家庭造成教育上的困扰。

（2）在国外，男生的游泳裤必须是宽体宽松的样式，传统样式的游泳裤不允许穿着进入公共游泳馆。

（3）5岁以上的孩子，只要有力气自己打开冰箱拿得起牛奶桶的，早餐都要自己来准备。除非要求吃煎鸡蛋或喝热牛奶等热食可由父母来帮助。不过一般加拿大本土的孩子早餐这两种东西吃得很少。

（4）加拿大友好家庭里的零食，有饼干和甜点等，但绝对不包括薯片在内。

（5）加拿大的小区和学校的草坪是可以随便进入并可以在里面玩耍的。

（6）在公园里所有涉及儿童游艺区的设施全部是免费的。

（7）如果你的眼镜腿坏了，修眼镜的钱比买一副新眼镜足足贵出一倍，所以戴眼镜的同学请务必带一副备用眼镜。

（8）如遇特殊情况不在人行通道上过马路，两边的车辆也会很远就停下来先让你通过，等你到达对面马路时，为你停下的车辆才会重新启动车辆。

（9）只要有警笛的车辆在后面行驶，所有车都要马上停车或快速移停在路边。

（10）上下学时段学校有专人护送学生过马路，即使没有多少车，他们都要很认真地帮助学校维护交通安全。

（11）街边和公园的手动"饮水机"，直接对嘴就可以喝水。

（12）不允许在公车和地铁里吃东西或喝水。

（13）所有的公厕里都有手纸。

（14）因为加拿大随时都可以看到小动物，例如小松鼠、野兔或小鸟，路人不允许随便喂食。

（15）加拿大购物是要加税钱的，最好在购买前想好，钱是爸妈的，不是你自己的。

（16）加拿大的商场或店铺，一般下班后还开着灯，是可以保证安全的一种方式。

（17）加拿大友好家庭多用电磁炉作为炊具。

（18）加拿大人很少去买矿泉水，政府在限制瓶装水的消费，因为塑料瓶不环保，所以在加拿大买矿泉水时要多付环保费。

（19）在友好家庭，你吃完饭后，没人帮你收碗勺，请自己主动把自己的餐具放回到洗餐具的水池中。

友好家庭的难题

参加微留学的孩子们，常常会遇到如何选择友好家庭的难题。家长向我们反复征询，希望有一个最适宜自己孩子生活的家庭；友好家庭也同样希望接纳一个适宜自己家庭生活的孩子，完全满足双方的意愿，实在是太难了。这里既有缘分，又有磨合。磨合中往往又会体现出，中西方文化交流的冲突。我们三方为解决这些冲突，曾想出过许多许多有效的办法。

10年的时间过去了，这个难题仍然是解决了又出现，出现了又解决。现就家长和学生在选择友好家庭时要注意的几件事讲给大家：

（1）宠物是友好家庭的重要成员之一，加拿大的小孩子常常拿着宠物当朋友，成人把宠物当子女，所以没有宠物的友好家庭很难找。如果你家养宠物，或者孩子特别喜欢宠物，这就不是难题了。

（2）要求友好家庭"侍候"学生，这种想法是错误。有些家长向友好家庭交纳了不少的费用后，就认为可以要求加妈加爸像自己一样"侍候"孩子。加拿大家庭认为，学生基本的生活能力要具备后才可以来国外生活，如果要求加妈加爸频繁提醒10岁以上的孩子勤洗澡、按时换衣服、按时睡觉、每天叫醒床、多喝水、吃不饱或想吃什么都要别人追着问……那友好家庭第一投诉的人不是学生，而是投诉家长，为什么把一个没有最基本生活能力的孩子送到国外读书，这是家长对孩子的不负责任！

（3）学生能自己做的事情，加妈加爸不会"替"你做，但加妈加爸可以"教"你做。在征得加妈或加爸的同意下，学生衣服可以自己洗，牛奶可以自己热、电视可以自己开，早餐与午餐可以自己来做……你自己能做的，请不要失掉这么好的实践机会。因为学习使用国外洗衣机、烘干机、微波炉、电磁炉、电视……也是一个锻炼自己的过程，加妈都会一步步地"教"你，一旦你自己会操作了，加妈就不会替你了。当然，在你不舒服而需要关照时，加妈都会无微不至地照顾和帮助你。

（4）对学生卧室什么时段可以关门，双方也产生过矛盾。友好家庭要求学生卧室的门只有睡觉时才可以关，加妈与加爸要随时观察和了解孩子们的学习情况，而我们的学生则把自己关在屋里，打游戏或煲电话粥，这无疑是担心加妈加爸批评他们不学习。如果矛盾不解决，肯定会影响到学生与家庭的交流，也对孩子成长不利。所以常常出现尊重和保留个人"隐私"的矛盾。

我们解决这种矛盾的方法：首先要向我们的留学生和家长反复阐述友好家庭负责任的态度和善良的用心，让他们能自觉遵从这种要求；其次也要向友好家庭耐心解释我们孩子们的个人想法，让彼此得到互让、互信。

他想要一张信用卡

儿子很小的时候，和我一起购物时，会经常看到我从钱包里拿卡结账，他后来不断地问我，你的那张卡为什么那么神奇，想花多少钱一刷就行，能不能给他也来一张这种卡，当时为了糊弄他的问题我说这种卡只给大人不给小孩子，等大了你就有了。

前段日子，儿子来电话给我讲了一件事情，说他在超市发现一种结账交费通道是自助交费通道，这个通道的人都是自己在扫码和自己称东西的重量，自助装袋子打包，没有服务员，然后把卡放进卡槽中结账就可以了，虽然速度有点慢，但是好像也会有好多人去走这个通道，这是他在中国没有见过的。他回去问了加爸，加爸告诉他，超市是为了节约人力成本（因为在加拿大工人的工资很高），走这个通道的客户买的东西都比较少，这样更方便快捷一些。加爸又告诉他，"这个自助结账通道更代表了结账客人是自觉和诚信的，付款时自己来刷信用卡，无疑更增加了个人的信誉。"他听懂了加爸说的英文。告诉我，信用卡不光是用来刷钱，更多是体现一个人的诚实可靠，希望我来加拿大接他的时候，他一定要带我去一趟超市，要用我的卡走一次这个通道，亲自刷卡，他要向超市证明一下他讲诚信。我一定会满足他的小小要求。

我和儿子的"双十一"

　　每年的11月11日，在中国我们被网络电商从头一个月就开始洗脑和打鸡血，到了"双十一"那天，钱就像是大风刮来的一样，全国网民磨刀血拼，我承认往年我也疯狂过。可是今年不同，我要静下心来，听儿子讲他的"双十一"。

　　每年的11月11日，是加拿大的战争纪念日。整个国家都要在这一天组织隆重的纪念活动。学校的网站上写的活动主题是："全国人民要纪念那些在二次世界大战和朝鲜战争中为争取加拿大的独立而献身的男人和女人们。"注意是"男人和女人们"，这里不仅仅指烈士，更有这些烈士的家属们。儿子告诉我，他们在学校礼堂举行了纪念仪式，大家都戴了同一种花（我查了这种花的名字叫"罂粟花"。）校长老师同学要分别致词，他听不大懂英文意思，但猜想是让大家不忘记为战争奉献生命的人，因为国家和平是用鲜血换来的。结束时，全校师生还唱了英文歌曲。班里那一周的活动全是围绕这个主题，老师还给学生讲了一些地理历史方面的小故事，儿子说他能听懂80%。我问儿子："你知道为什么要佩戴'罂粟花'吗？"儿子说："老师告诉我这种花的生命力很顽强。"后来我在网上查了一下，正确的意思是罂粟花代表着大自然抵御被战争毁灭的力量，无论战争胜利了还是失败了，罂粟花永远开放在战场和烈士们的墓地上。

过敏真可怕

做国际交流的这些年里，每一年我们迎来送往的国际友人数量越来越多。最早听到"过敏"时并没有太大的警觉。直到有一天，有一位国外学校的院长在来中国前，一再强调他不可以吃和坚果类有任何联系的食物，如果食品中不小心有这一类食物或油类掺入后，他可能会有生命危险。此时，我们才觉得这是一个国际食品安全的大问题，不是一个简简单单的"过敏"问题。

这次儿子前往加拿大前，加拿大学校早早就发来一封面向家长和学生的告之信。信上用了较大篇幅讲了食品过敏的事情，告之家长们在学校中存在学生会对食品过敏的情况，包括花生、牛奶、豆制品、鸡蛋和水果……这些过敏反应有时可能会导致孩子生命危险。特别提到坚果一类的这种过敏，更可怕的是有些人一闻到味道就窒息。所以学校严格要求学生之间不可以分享食物。如果有家长打算送食物让自己孩子的同学们分享，必须要先征得老师的同意。每个留学生在入学前，都要认真填写个人过敏情况调查表，我们在审表时也相当认真负责。

儿子在家时，我们还没有发现他对什么食物有过敏反应，目前比较放心。有一次我在通话时，随便问了他一句："你们班有过敏的同学们吗？"他说："有一位同学就是这种情况，所以我们不可以在学校吃任何坚果类的食物，老师说这样我们就可以保护同学的生命。"同时他偷偷地告诉我，"妈妈，我一直没有告诉你一个秘密，我来加拿大一直没有吃鸡蛋。"我说："为什么？"他说："加弟对鸡蛋过敏，所以一直没吃过鸡蛋。不过我觉得挺好的，因为原本在中国我就不喜欢吃鸡蛋。吃鸡蛋和吃毒药是一个级别，所以正好解放了。"我听了都有点哭笑不得，真是太巧了，怎么就这么巧，他不爱吃鸡蛋偏偏遇了一个吃鸡蛋过敏的友好家庭，不吃就不吃吧，多吃其他食物也行。

　　每一年我们的学生前往加拿大时，我们都要特别地和每一位家长就过敏的问题进行一对一的沟通，越小的学生在这方面的关注度越高，要求也越严格。我们多希望我们的家长，在日常生活中对自己孩子多一些"过敏"问题的提示；我们的留学生也要在大脑中多储存一些"过敏"的信息，对人对己都有好处的。

加拿大看病有"神医"

　　每年一到冬天，儿子放在我手里时，总会有一次或两次的发烧感冒。随着时间的推移，加拿大的天气越来越冷。我们想起往年的情况，不免有些担心，担心最多的是他爸爸。因为往年学生在申请留学时，总有填写过敏、哮喘之类疾病的，但到加拿大都几乎没有去看过医生。因此，我还是有一些底气，相信他会抗过这个冬天。

　　事实也的确如此。儿子去了将近4个月了，没有发烧感冒过一次，只是前几天因为唱歌太多，嗓子哑了，也出现了上火的症状，加上过节好吃的蜂拥而至，实在抵不住美食的诱惑，有一天出现了流鼻血和咳嗽症状。当时他爸爸有些惊慌，连忙叮嘱他加大喝水量，我也告诉他在家少穿衣。两天过去了，他的症状减轻了许多。

　　我们过往的留学生中，我曾经陪着几个学生去看过加拿大医生，因为他们在加拿大都上了保险，所以看病是不用花一分钱的，直接到指定的24小时诊所就医就可以了。加拿大医生特别是对小孩子看病，为了更详细了解孩子的病发过程，问诊时间巨长，问诊内容详细的有点让你觉得太啰唆。因为我们习惯在中国儿童医院看病，从坐下到取诊方，大夫平均三五分钟打发一个孩子。

　　加拿大医生诊治孩子疾病的主旨是要调动孩子的免疫力来对抗病毒，所以根本不让用抗生素药。有一次我们有一个学生总拉肚子，带着去看医生，医生给做了非常详细地检查后，开了一个药单，上面写了一味药，居然是让到超市去买"七喜饮料"喝，利用饮料的排气法带动肠胃的蠕动。学生去看病竟带着饮料回来，其他同学都羡慕得不得了，纷纷地说："老师，您到底是带他去看病了，还是去逛超市了？"加拿大的医药制度，医生只看病，开药单，患者是拿了单子，去外面的药店买药，很多大型超市都有医药柜台。普通的感冒头疼药不需要处方，但是像抗生素类的药都需要医生处方才能买到。

　　加拿大医生在治小孩子发烧病时都是很有一套的，他们经常开的不是药方，而是食疗方。比如，会让孩子回去喝纯果汁，加上泡热水澡。当遇到紧急时，医生会直接从医院冰箱里拿出一根好大的冰棍给小朋友吃，并说："赶紧把它吃掉。"有一次，一个加拿大医生告诉我，感冒是没有什么药可以治的，如果没有炎症，那就得靠人体自身免疫系统的调节来战胜感冒。他又说："你们的学生一遇感冒，就着急带着去看病吃药，这是错误的，开药其实是为了安慰大人，来去折腾地去看病，不如让孩子好好休息，多喝水。"

　　不过我们也有过带学生去看急诊的经历，比如说学生被小狗或小猫咬了，大半夜也得开车带着学生去打针。有的孩子连续发烧，家庭护理效果不好的，我们都要带去看医生取血化验。体育课扭伤的学生，学校要紧急处理后送医院拍片……因为有我们同事的陪伴，可以中英文和医生交流，孩子们和中国家长也放心了许多。

中国人被"中国功夫"给打了

　　儿子来电话说："我终于在加拿大看到中国电影了，是成龙主演的'功夫梦'。"在中国时这个电影，爸爸已经带他看过了。但从他的言语中，仍然能听得出和小弟弟一起看时的自豪感。据他描述，小弟弟看得有点"傻眼"的样子，一直不停地问他，"你会中国功夫吗？"他说："我会。"实际上他自己也分不清什么叫中国功夫，学会几招跆拳道和双节棍后，发现和电影里演得差不多。随后他告诉小弟弟："在中国很多人都会。"小弟弟对"飞脚"这一功夫很着迷，照着电影里的动作开始勤学苦练，每天还缠着他，要求和他对打。有一次，他还被小弟弟的中国功夫踢了一脚，当时有点痛。更让他受不了的是，小弟弟说："我会中国功夫了，我可以打败你。"儿子忍着疼痛告诉小弟弟："中国功夫不是用来打架的，是当别人打你的时候，来保护自己的。如果你下次还这样主动攻击我，我就会使出中国'真'功夫来教训你。"当时我听后的第一反应是："你是怎么样用英文把这一段话讲给他听的。"他给我复述了一遍英文，让我觉得太可乐了。爸爸详细地问了一下事情的经过，告诉他："小弟弟没有恶意伤害你，别太在意，以后稍微注意一下就可以了！"

　　孩子和孩子在一起边玩边学边体会，既是生活中的一种乐趣享受，又是成长中的一份珍贵的记忆。这是属于他的幸福童年。

加拿大人"太奢侈"

连日来的狂欢和几轮大PARTY之后，日子终于要回归到平静。圣诞假后孩子们就要上学了。

由于友好家庭里孩子太多，所以加妈必须组织孩子们整理房间。自己的房间要自己整理，客厅要大家一起整理。大孩子做大孩子的事，小孩子要做小孩子的事。很快房间就又恢复到原来那样干净整洁了。儿子在电话里还滔滔不绝地讲了另一件事。

他说："加拿大人太'奢侈'了。"我问："你是哪能里得到的结论？"他告诉我，他原来认为只有加妈家的圣诞树是真树，后来参加了好几次加妈亲戚和朋友家的PARTY，他每到人家家里都会跑去看圣诞树，辨别是真是假，最后他发现加拿大的家庭里的圣诞树都是真树。他与加妈说这种用真树做圣诞树太浪费了。加妈还告诉他，每家过完圣诞节后，这些树都会被销毁掉，是太可惜了。他问我："为什么加拿大人不用中国那种塑料做的假圣诞树呢？又环保又能年年拿出来用，主要还是更省钱？"我还真是一时回答不上来，我本来想说，可能加拿大地大树多，这些圣诞树对于加拿大来说没有多大的损失，可忽然又觉得这种说法不对，小心误导了他"浪费光荣"的想法，最后告诉他，这个问题我还没想过，过几天想想后再告诉他原因。

今天特地在网上查了一下：原来加拿大政府认为，人造的塑料圣诞树属于不可回收垃圾，在填埋后，需要几十年甚至更久的时间才能被降解，如果焚烧处理的话，一颗圣诞树产生的二氧化碳是天然树的20倍，相比之下，天然圣诞树更加环保。每一年，政府都设立专门的点来回收各家的圣诞树，回收后的圣诞树会被机器碎成木渣或木屑，再用于制造纸浆和生产生物燃料等。甚至在美国的纽约市，从2013年开始还举办一年一度的"木屑节"，欢迎居民把木屑取回家用。欧洲其他国家，政府都有很周全的计划帮助居民处理圣诞树，大家在欢乐的前提下更重视保护大自然。

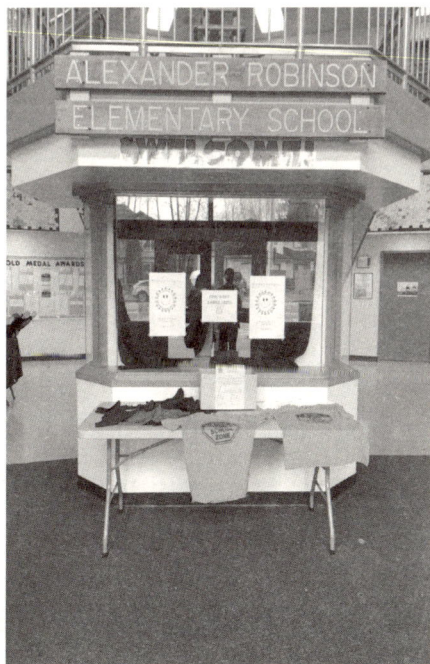

心存感恩，学会祈祷

　　马上要过圣诞节了，这一周老师给出的论题是：给家人祈祷。让每个人把自己给家人的祈祷内容，写在纸上，然后要把祈祷的理由也要准备出来，这周要对全班同学做一个小小的讲演。我问儿子，你写了什么，他说："我写祝爸爸与妈妈安全和健康。"我不知道他们同学都写了什么，但是听完他的话，我突然觉得好沉重。我问他为什么选择这个内容，他说："妈妈你经常出差坐飞机，这样飞来飞去的，以前飞机很安全的，但是今年不是也有一架飞机飞上天就消失了吗？所以飞机也是不安全的。爸爸每天开车，北京那么多的车在路上行驶，很多车都不遵守交通规则，也是很不安全。所以我就写了安全是第一的。写健康是因为我觉得你很胖，我和爸爸很瘦，你需要减肥，我和爸爸需要增肥。可是你吃得很少，但会长肉；我和爸爸吃得很多却很瘦，是因为我俩都爱运动，所以你也要运动。要健康啊。"

　　就这些祈祷，让我听了沉甸甸的。虽然嘴里一直在感谢孩子这份圣诞节的祈祷，但总是觉得心里很别扭，是不是我们平时给孩子的压力太大了，让他催熟的时间太快了。我真心希望他是一个没心没肺的孩子，不要考虑那么多，不要对事物太过敏感，只管吃喝玩乐就可以了，不要太有思想，他这样的成长速度，让我有些心里别扭！

圣诞也狂欢

    这个月最重要的节日就是25日的圣诞节了，因为每个学校在放假日期上都有权利提早或推后几天，所以加弟下周就开始放假了，而他的学校要一直上到21日那一天才放假，这让他心里很不平衡，真希望也能和加弟一样放假在家玩。我常笑他上学的时候想放假，放假的时候想上学，可能和我们小时候一样。他讲这个周末加妈要举办一个很大的家庭PARTY，这也是全家人都很期待的PARTY。不在家里举行，而是包了一个小型的宴会厅，邀请了许多人。圣诞节作为基督教的庆祝节日，也成了小朋友们收礼物的狂欢日，这一天一定要吃圣诞餐：烤鸡、南瓜汤、土豆泥、蔬菜沙拉、各式面包与甜点等等。儿子告诉我，老师说只有乖孩子才可以得到圣诞老人的礼物，不乖的孩子就会上圣诞老人"调皮孩子"的名单，只会得到一堆煤炭，我头一次听到这种说法。他还告诉我，那一天必须早睡觉而且要睡着，假睡是得不到礼物的。

    因为现在温哥华每天下午4:00就开始天黑了，这个时段天天回家时都能看到家家户户圣诞节的灯光，用他自己的话形容，"看到这些灯光，我就很想家！"虽然有点伤感，但这种感受当年我在美国第一次过圣诞节时也深深地感受过，所以也算"每逢佳节倍思亲"吧！

三无产品（无电脑、无IPAD、无手机）

在抵达加拿大后的第五天，儿子已经学会使用IP卡，在友好家庭的座机上打电话了，从电话中传来的声音可以清晰地感觉到他特别高兴，当他一口气讲完了他想讲的事情后，语气才慢慢静下来。我们怀着激动的心情，静静地享受着儿子的倾诉。大大表扬了他一把，并告诉他，如果需要和我们沟通。就打电话，但最好两至三天通一次电话，他表示同意。终于把打电话这件事情交给他来主管了。昨天夜里我们睡了一整觉，不用再算着时差打电话给他了。

说起这些电子产品，开始，当大人的并不知道它的利弊关系。只是觉得可以让孩子开心，让他们安静一会儿。儿子常跟我们前往不同的地方和国家，已经习惯甚至觉得手机和IPAD必须带。这次我很早就告诉他，这两样东西绝对不允许带。我们都要服从这种半年留学项目的要求。

回忆2004年我们做第一期这样的留学项目时，当时没有手机和IPAD，留学生在加拿大生活得非常好，融入友好家庭也非常快，更没有发生过学生联络不方便的事情。目前这一项目要求的设定是有原因的，因为孩子们年龄偏小，自控能力较弱，常常因为玩手机玩IPAD耽误了许多事情，影响了互相交流互相学习的效果。每一年，都有孩子走的时候家长不按要求去做，给学生带了手机，等孩子控制不住时，家长又火急火燎地给我们打电话，强烈希望我们帮助他们把手机没收了，原因大家都能想象得到。1997年我带学生在美国工作一年，学生和我都没有手机，更不要说IPAD了，为了节省支出，我很少打国际长途。常常用写信的方式和亲人交流，写一封信到中国要邮寄两个星期。至今，我还珍藏着当时写的一大包信。是写信留住了我的美好回忆，是写信锻炼了我的写作能力。我希望儿子要勇敢地尝试一下离开手机和IPAD的精彩生活。道理讲通了，他这次非常自觉地把IPAD留在了北京，变成"三无"学生，迈出了自律的第一步。表扬一下吧！

　　我的孩子在出行前，与大多数家庭一样在"带"与"不带"的问题上产生过矛盾。我就用我的亲身经历来说服他。

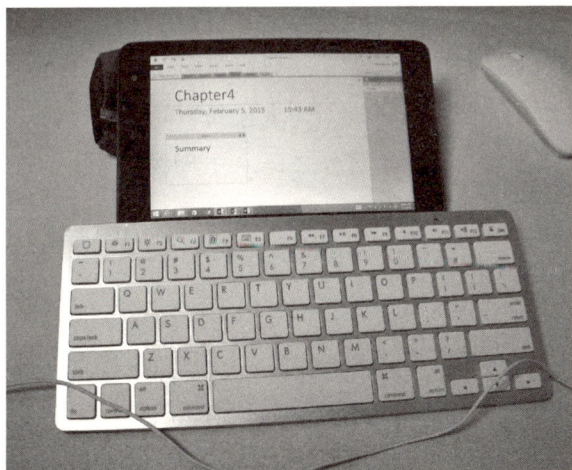

我们要过"爱情节"了

圣诞节前儿子就和爸爸讲，2月14日那一天要让我们做春卷或饺子送去学校，他要和同学们一起吃。老师告诉他们要过非常重要的节日。原本我并不在意他的要求，可他好像很看重这件事情，隔三差五就提醒我们一下。后来又提到他把圣诞节给我们的贺卡丢了，前段日子伤心了一下，这次他说："我们还要做爱情贺卡给爸爸妈妈，上面要写 I love you，我一定放在书包里天天带着，直到你们来加拿大送给你们。"

直到今天他又打电话来说："妈妈我们要过'爱情节'了，今天我们班做了男生与女生的配对，太让我不好意思，我居然和我们班一个女同学配对，比值是百分之百，下周我怎么去学校啊！"他这一形容搞得我和他爸爸哄堂大笑，我说："你们班怎么进行配对的？"他说："我们老师说'爱情'的前提，就是学会找到兴趣和爱好相近的人。我们班今天做了一个表格，把自己的兴趣爱好都要写清楚，然后由老师配，让我们两两一组，下周我们俩要给班里的同学们一起介绍我们俩的兴趣爱好，最关键的是最后老师要让两个人互相说 I love you，老师说等到了爱情节时，同学都要互相说 I love you，妈妈，我说不出来怎么办，我从没有对女生说过 I love you，我只对你说过。"他的描述太可爱了。我说："你只需要照着老师的要求去做就可以了，这和圣诞节一样是个洋节日，这里面的文化只有你去参与，你才能体会到，可能和你想象的不一样。"

在加拿大，"情人节"是个广义上表达关爱和宣言"爱"的日子。每个家长还要准备甜点带到学校给孩子们吃，让每个孩子体会分享带来的幸福。

在北美国家把情人之间的"爱"升华到了一个"博爱"的高度，就是要让孩子们从小把爱发扬光大，对每一位同学、老师、朋友和亲人，甚至路人，只要你有心情和胆量，到了情人节都不要忘记说一声"I love you"，那是一种友谊、关爱、分享的精神。

公益从家门口开始做起

加拿大是世界上纬度最高的国家之一。各大城市市政维护是以冬天铲雪夏天修路为主。

温哥华11月底就进入了冬季。前一周的中雪使温哥华所有居民沉浸在蓝天白雪的美景中。同样，铲雪也就成了孩子们冬季必须参与的公益活动，因为加拿大政府有一个规定，如果你没有及时清扫门前的积雪，过路人在你家门口摔倒，你是要担负全部医药费的。孩子们除了和大人一起铲除自己家门口的雪外，还要主动去帮助那些家里没有劳动力的，那些铲雪有困难的老爷爷老奶奶铲雪。政府对铲雪还有具体规定，要求市民必须在12小时内进行清理，同时要求清理的积雪不得推到街道上，如果不这样做，不仅违法，也阻碍铲雪车的正常作业。不许随意撒盐，只有在雪不易融化时才允许使用盐协助融化。市民一定要执行政府这种"各扫门前雪"的规定，这样才能让出行的人或车，在整个冬天变得更"安全"。

我为儿子有机会参与家门口的公益活动而高兴。我还会想象到他铲雪时满心的愉快和脸上绽放的笑容，因为这是孩子们的天性——爱大自然的雪。

超市中的大发现

儿子在到加拿大一个月的时候，就告诉我加拿大的超市就是超市，买东西超级快，所以就叫超市。由此，我又回想起他对超市中无人结账，顾客自己刷卡通道的感慨。这就是他的亲身体验，直观感觉吧！善于观察是他身上的一大优点，常常受到国内老师的表扬。因为工作忙，我一直没有把他的"发现"用文字全部整理出来，此处仅就回忆起来的几件事讲给大家听。

第一件，他说；"妈妈，你在中国超市买东西总要看生产日期，这里的超市绝对不会出现把快过期的食品放在前排，而把刚生产的食品放在后面的现象，在加拿大所有货架上的产品肯定不会作假，所以不用为挑选日期上费神。我看到了加妈就是这样在超市买东西的。"

第二件，加妈在超市买菜，拿了就走，不用去挑选大小好坏。加妈说："菜送到超市前，就已经做了挑选，顾客很放心。"

第三件，加拿大超市是按磅来计算的，不是按公斤，因此他提醒我在加拿大超市买东西要小心，别买错了重量。

第四件，他说："加拿大的小胡萝卜是我的最爱，以前在中国一听说吃胡萝卜就撇嘴，现在不但喜欢上了这种'迷你胡萝卜'，天天还当零食带着吃。"加妈常常告诉他："胡萝卜中的胡萝卜素对身体有好处。"

第五件，在加拿大的超市里，好多小孩子的食品都是1块或2块加币。当时他自己有零花钱50加币。能买好多便宜东西回来，常常感觉自己是个大款。一高兴就忘记去计算汇率了，这种感觉在中国肯定是没有的，拿着50块钱人民币进超市没买几样东西就花完了。

虽然儿子观察或感受的都是一些购物细节，但我们在加拿大购物常常是比较放心的。蛋糕上的日期不会更改，果汁依旧是一加币一大桶，购物者所要担心的只是自己吃多了喝多了会不会发胖的问题。可能这就是人们常说的，在海外生活，如果你选择了这种生活方式，就要放弃另一种生活方式的诱惑。

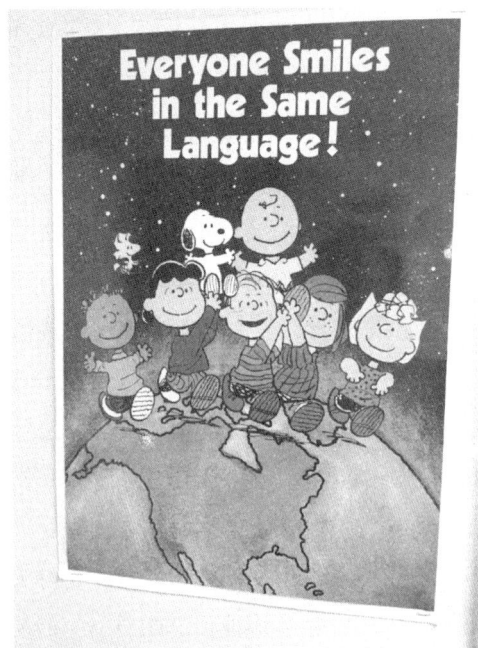

别把枫树岭市给污染了

　　说起这个话题，要推到前几天爸爸在电话里告诉他，2月份他每天下午放学后，由爸爸开车送他去跆拳道班上课，同时会在楼下抽烟等他下课。不说抽烟还好，一说到抽烟，儿子马上电话里高八调地说："你就别抽烟了，你看枫树岭多漂亮多干净啊！我们不能把这里的环境给污染了。"听他说完，爸爸好惭愧，连连说："听儿子的，爱护环境，不抽烟了。"儿子有这种强烈地爱护环境的意识，我们从内心感到欣慰。儿子告诉了我们爱护环境也要从大人做起。

　　在友好家庭居住这5个月的时间里，儿子成了垃圾分类的高手，什么样的垃圾放在什么颜色的口袋里，每周几是垃圾车来运走哪类垃圾，不同的垃圾车收不同种类的垃圾，他都了如指掌。废纸，纸类包装盒等，扔到黄色大袋里，装电器类的大纸盒可以压扁用麻绳扎好，直接堆在那里；报纸及报纸里加送的小广告类，扔到蓝色人袋里；玻璃和塑料类，扔到蓝色大塑料桶里。因为他加妈家人口众多，分类垃圾这个事情就变得至关重要，他告诉我如果不按照这个分类的话，他们会被装运垃圾的工人发罚单的。

　　这让我突然想起来，前段日子发生的几件事。儿子说起他电子词典电池没有电了，他去超市一看价格巨贵，核算下来是中国价格的好几倍，并说这种东西污染环境，所以价格高，让我以后买电池尽量买可以充电的。在中国我常批评他洗澡是应付差事，一点都不认真，在加拿大时反而成了他得到表扬的一件事，他说在加拿大每天也不是很脏，所以不用浪费太多的水去洗澡，每天最多10分钟就完事。他因为住在一楼，加妈嘱咐他负责在没有人的时候就及时把灯关了，这成了他一项重要的任务。我们常常开玩笑地说他，"你越来越'小气'了。"他的"小气"告诉我们，他懂得了节俭。懂得了计算、懂得了负责、懂得了爱护环境。他的长大就是在这一件件小事中表现出来了。

从前是……和现在是……

从前是想吃什么，就和父母要什么，而现在是加妈做什么饭，就吃什么饭。从前是在课本上学英语，却不会在生活中用英语，而现在是环境"逼"着你说英文。从前是花钱不数数，没了马上就能要，而现在是有数的钱，自己要计算地花。从前是父母说东我朝西，把任性当个性，而现在是一切行为要遵照规矩……这是亲历留学的孩子们和关注留学的大人们所共同采用的对比方法。

留学的工作常常会给我们带来无尽的思考，我也奉劝过那些还没有做好留学准备的家长和孩子们，甚至有时会给他们泼冷水，告诫他们，你们如果不能坚决地和你们的"从前"告别，你就无法过好"现在"的每一天。留学生来加拿大生活和学习，不只是要接受大自然赋予的新鲜空气、严格监管下的安全食品、适宜身心发展的大剂量活动、新教育观念支撑下的新教学方式……你们还要理智地去面对接二连三出现的各种矛盾。解决好这些矛盾，才是你们留学生活学习中需要锻炼的最大功力。否则你们会孤独、会伤心、会苦诉、会失眠，会放弃，恨不得立刻回国。

生活学习在加拿大，就要用加拿大衡量学生的标准来要求自己，你从前在国内学校的优秀，不等于你现在在国外学校的优秀，请不要失落。你需要赶快找出差距，变失落为信心，虚心学习，用自己的努力去赢得信任。从前你不优秀，现在你优秀了，请不要骄傲更不要松懈。要坚持你的优点，继续走好下面的路。从前你很优秀，现在更优秀了，希望你把目标定得更高一些，相信自己还会更好。

从前不优秀，现在仍然感到学习困难的，不要失掉自信，不要过于急躁，只要你沉下心来，一步一个脚印地前行，从老师最基本的要求做起，成功的那一天也一定会眷顾你。因为你在坚持，你在行动。作为支持你留学的父母也好，老师也好，道理尽管讲了一大堆，但是能早一天觉醒，早一天行动还要靠你们自己。

"从前……"只能说明你的过去，"现在……"才是真正属于你的今天，你们万不可以让不好的从前束缚住自己的手脚，发扬你们从前和现在的优点吧。

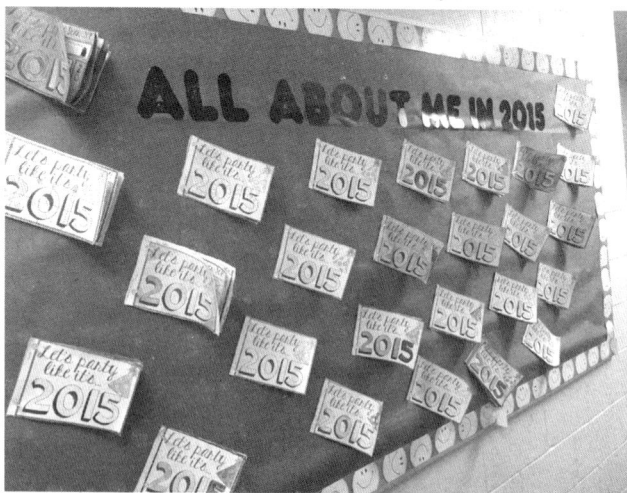

姥爷姥姥的祝福

亲爱的壮壮：

　　你好！

　　首先，姥爷姥姥祝贺你在加拿大的学习生活再有一个月就圆满结束。回顾过去的时光，你留给那里的既有欢歌笑语，又有克服困难、思念亲人的泪水。你的每一点进步和成长，既蕴含着你父母的正确指导，耐心呵护；又融入了加拿大老师、加爸和加妈极负责的关心和照顾，那些和你一起生活和学习的小伙伴们也会给你留下美好的回忆。

　　你用你的聪明、你的虚心、你的勇敢、你的努力，收获了举止文明的好行为、好习惯，收获了善心、爱心、感恩之心，收获了知识和学习能力，收获……

　　希望你倍加珍惜，继续发扬。

　　愿你们全家人高高兴兴地相聚，安全快乐地度过寒假。

关心思念你的姥爷姥姥落笔

××年××月××日

没有"把手"的安全门

儿子前段日子不知道怎么搞的，对他们学校的门开始研究上了。专门来电话详细地介绍了加拿大门的"特异功能"，据说他在反复研究门的时候，被几次关在楼门外面进不来，找了老师才给他开了门，他说老师有密码和门卡。的确，加拿大学校的安全设施处处可见。

加拿大地广人稀。小学甚至中学的教室都基本是一层楼，主要是为了保证学生在应急时方便逃生。除此之外，他们更看重门的设计。我们国内更多的是电子感应门，看着轻便好看。

加拿大公共场所的门都有点厚实的模样，好使不好看，没有门把手，说没有"把手"也不确切，只是装置与中国的门不太一样。

学校门的把手放在门里面，作用是"许出不许进"，不允许外来陌生人随便出入学校，以保证学校安全。这种装置看上去比较粗实，横跨在门上，但整体都是用铁做成，经久耐使，最主要的是开门可以不光靠手，用两肘臂、臀部以及身体上的任何部位将横杠按下，大门随即自动就开启。在加拿大想从外面进到里面，需要使一些力气才能"拉"开门。

他还告诉我，他们学校的门如果有拉手，就会用一个"PULL"的标志贴在门上，但如果门上没拉手，就会有一个"金属片"贴在门上，表明要"PUSH"推才行，他准备去超市的门上看看是不是也是这种原理。他还发现学校的门旁边还有一个金属按钮，原来他以为是警报器，后来才知道是专门给坐轮椅的同学准备的，坐轮椅的同学一按就开了，所以他们学校这个门瞬间就变成自动门了。

儿子从门的"研究"上有了那么多发现，我开始感觉到他智力的又一闪光点在渐渐萌生。这是多么好的一个开始啊！

早9点至晚9点的图书馆

儿子所在友好家庭的韩国小朋友Eddie每周六都要去图书馆，所以他也乐于跟随着一同前往。时间一长，他对图书馆的地理位置，设施、取还书的制度都了如指掌。

加拿大人对读书的崇尚程度很高，在公园、公共汽车上，城铁上，任何一个场所都可以看到读书的中青年人和老年人。

加拿大的图书馆对于全民的阅读推广起到了不可忽视的作用。对于本土人来说，图书证和护照一样，婴儿一出生就可以免费办理。书全部开架，方便大家选读，随处可见的沙发与桌椅，为读者提供了舒服的阅读环境。图书馆的图书借期不能超过三周。还书时，有一个窗口只要把书放进去就可以了，没有专门的工作人员收取。

他每到周六来到图书馆，都会看到中国的大哥哥大姐姐。这些爱学习的大孩子们都会在周末约了同学在图书馆写作业，有时候也约了补习老师一起上课。

图书馆经常会搞一些小活动，会发给小朋友一个册子，如果你看完一本书就盖一个印章，积够六个图章后就邀请参加图书馆的文娱晚会。这种晚会基本上都是志愿者组织的一些亲子互动活动，自娱自乐，还会发一些小奖品或小礼物，同时也帮助孩子增强了社交能力，所以孩子们也乐于参与到活动中来。

可以说，在枫树岭周末的图书馆有很多人一待就是半天，把这里当作消遣和学习的场所。北美的图书定价很高，但是在图书馆借书很方便，家长无须为儿童花费很多书籍开支。

上次我们去看儿子的时候，和他一起去图书馆，当看到一位妈妈提着一个装满了书的大口袋，后面跟着3个孩子，我心想这就是他们家的精神食粮吧，够吃一周的了！

可见加拿大在儿童图书阅览方面的投入和支出，既是一种公共福利支出，也是一种教育支出。当地政府是花了大资本大投入的，因为孩子是国家的未来。希望寄托在他们的身上。

答案从哪里来

题目中的"答案"指向是在微留学中，学生是否能早一天适应加拿大学校老师课堂教学方式；家长能否早一步理解加拿大学校老师课堂教学方式。这个"答案"从哪里找？只有从那些亲自经历、亲身体验的孩子们身上找。

往往我们的家长在孩子留学还不到一个月时，就急切地问孩子："能吃饱吗？上课能听懂吗？"孩子的回答是："吃饭还可以，就是老师的教学方式不适应……"家长听后立马来电话投诉："我们花了那么多钱去加拿大留学，为什么课堂上老师讲得不如中国老师仔细，为什么作业那么少，有些作业还要学生自学去完成，为什么孩子的运动或活动那么多，为什么……我们十分担心孩子的学习成绩。"我们会耐心地解释：孩子的不适应，家长的不理解是极为正常的。用中国老师撕烂后喂给学生的教学法来要求加拿大老师那是不现实的，也失去了去加拿大学习的意义。

什么样的教育观念，采用什么样的教学方式，什么样的教学方式培养什么样的学生。

今天，你们既然选择了让孩子早早地去体验新的生活环境和新的学习模式，就是在培养孩子能吃得下"苦"的精神。家长只有主动配合友好家庭和学校的严格管理，多给孩子一些正能量，耐下心来慢慢地等。随着时间的推移，孩子的成长变化会告诉你，不适应是暂时的，答案孕育在孩子努力奋斗，积极适应的过程中。

带着妈妈一起去留学

在微信家长群里，有一个关于《2014年低龄留学美国调查报告》的数据显示，在孩子接受海外教育的决策中，从调查问卷的结果来看，58.7%人是由全家人共同选择决策的，13.3%由孩子决定。而由父母来做决定的选择中，由母亲来决定占到12%，而父亲只占到1%。值得注意的是参与问卷调查80%是女性。在这个数据面前，我们不能不考虑和面对母亲在孩子海外教育过程中的影响力。

2月份，我们在与加拿大学校沟通学生个人课程安排、在友好家庭生活现状的过程中，常常会听到学生说："我妈妈希望我学这门课，我妈妈觉得我睡的这个床不舒服，我妈妈让我多吃水果……"可能孩子已经习惯了以"妈妈"两个字开头的话语模式。此时，我们都会及时地打断学生的话语，说："请告诉我，你的感受。你才是现在留学生活中的主体，而不是妈妈在留学。"我常常告诫我们的留学生，请以后将"妈妈"两个字仅留在你的思考范围里，在学会与大家交流和表述你的想法时，直接说"我认为……"。

作为家长，对自己的孩子如何放手，放到什么程度，放到什么范围。这是个现实中家长需要解决的大课题，掌握好"度"，便是考验家长悟性高低的一把尺。在加拿大我们鼓励孩子主动表达自己的意愿和想法时，更多地希望孩子们在接受和消化了成人的建议和要求后的一种发自内心的表达，而不仅仅是意见的转述。

别让"丢三落四"坏了好心情

在境外冬夏令营的旅途中，学生们丢东西现象已经见怪不怪了。孩子们在国内大小事宜均由父母帮着收拾打点，到自己开始掌管一路上自己的物品时难免出现丢三落四的，这种现象实属正常。

8月份儿子去加拿大入海关时，记不清把入境卡放在什么地方了，自己在海关大厅找了将近10多分钟，实足让他长了一次教训。

在这5个月中间，他也出现过照相机几次失踪又找到，羽绒服在学校失物招领处失而复得等类似的经历，以后还会不会再丢东西不能预见，但至少这几次他都经历了东西丢失后的沮丧和找到时的惊喜。总之，这里面的滋味不太好受。

现列举过往团队中丢东西的事件，引起大家的关注：

（1）自己的东西永远不能托付给他人保管。

和同学一起逛商场，一位男生急于上卫生间，把自己放了所有零花钱的小包放在正在玩游戏机的同学脚下，说了一声"你帮我看一下"就走开了，等自己回来后才发现小包不翼而飞，再问同学为什么没给他看住包，同学还反问你什么时候让我给你看包了。一路上零花钱是没得花了，就这样在全团的同学的捐款下才完成了整个夏令营活动。

（2）下了飞机请慢走。

因为飞机抵达境外时，孩子们一路上的兴奋。疲劳已经完全处于一种放松警惕的状态中，虽然下飞机老师挨着问："东西都拿上了没有。"学生嘴上回答："没问题都拿上了。"等下了飞机过完海关后学生才发现钱包、手机、水杯、手表、IPAD等等都放在座位前面位置的袋子没带下飞机。然后老师没办法再让大部队等着领着这些学生去机场登记处。虽然几年中这种"幸运"的事情几乎都在第二天收到机场通知后去取，但是仍然让人觉得有"当头一棒"的感觉。

（3）"护照"不离手。

在境外给大家讲得最多的事情是，千万不能丢护照，如果丢了护照那一切都无从谈起，光补护照手续的繁琐就能让你郁闷到家。在旅途中一般都由带队老师统一保管护照，但不管怎么样，总有发给每个孩子们自己拿着护照过海关的环节啊，就这么一个小小环节，都有同学把护照放在屁股下面，抬腿就走人的场面出现，等见了海关才发现护照没了，海关工作人员有时候都觉得孩子们可爱，跟着他们一起着急啊。

（4）不要显富。

随着家长给予孩子手中的设备越来越高级，近几年团队中不拿照相机照相已寥寥无几，在境外大马路上举着拿IPAD照相的学生越来越多，这种风险性足可以有机会体会到当街被抢的经历，所以我们一律不允许拿IPAD跟团出游照像。

（5）"真丢假丢"搞清楚。

学生在出发前，我们一再强调要求家长请让孩子自己收拾行李。环节虽小，但到了加拿大入住家庭没10分钟，孩子就会给家长打越洋电话开始问："我的雨伞放那了？我的内衣为什么没有带？我的相机有没有给我装？"等等，加妈也随后打电话说："这个孩子把整个行李的东西全部铺满了房间的地板，家里和打了劫一样乱七八糟。"起初就给加拿大家庭留下不好的印象。

（6）买了东西还没在带回国就又还给了别人。

在安排学生的购物过程中，同学们实足为国外的商品而大开眼界，手眼不够用的时候也是丢东西的时候，有时候前脚买了东西还没上飞机回国呢，就在某景点休息时丢了。有一年冬令营一个同学给爸爸买了一个剃须刀放在一个牛皮纸袋里，后来又买了麦当劳，吃完剃须刀和麦当劳纸袋一起丢在垃圾箱里，回到友好家庭后才发现，这个肯定就找不到了。

（7）老师变警察。

孩子们带到境外的零用钱，时常没有太多保管好的习惯和意识，有时随便收在口袋里，有时收在书包里，总之零钱乱丢的现象时常见，特别是男孩子这方面比较弱。每次学生不知是记性不好，还是真丢了钱物，到老师那里告状的时候，都摆出需要"破案"的架势，老师为了安抚他一颗原本受伤的心，就要花很多时间帮他去找，时间长了，钱没有找到，弄得邻桌的同学或友好家庭都一起背了黑锅，搞得大家都不得安宁。

案例总是有限，丢东西千万别弄成无限的就好！

加拿大小学的家长会

　　儿子在加拿大生活学习期间曾经换过一次友好家庭，所以学校开了两次家长会，老师和两位不同的加妈谈过他在学校的表现。他从开始的不适应欠守规矩，到后来能深深地认识到："到加拿大就要守加拿大规矩。"所以，在老师的眼里，他还是一个"识时务"的好孩子。

　　加拿大的小学生家长会，一般都采用"一对一"的方式。之前，每个家长会收到一个通知，学校告诉家长会从什么时候开始。每个家长可以根据自己情况在学校规定的时间内选择一个和老师一对一面谈的时间。为了照顾上班的家长，面谈最晚可以选在21:00。每位老师有5分钟至10分钟的交谈时间。由于加拿大学校班级规模比较小，老师对学生的在校情况了如指掌，可以将孩子学习该门课程的作业、考试情况等详细具体地告知给家长。时间虽然短，但都是在谈论自己的学生、自己的孩子，这种交流直接而高效。加拿大老师对孩子多以表扬鼓励为主，对孩子的点滴进步都给予充分肯定。家长对老师提出的要求、建议，学校也会及时考虑采纳。

　　家长会不是一个单纯讨论学生成绩的简单"告状会"，而更像是一个家长与老师"商量事情"的交流沟通会。

谁的"零花钱"

学生们在国外学习生活，不管是短期的冬夏令营，还是长期留学，作为家长，我们都沿袭了"穷家富路"的传统，让这些在国外生活的孩子们，心安理得的手里有了一笔"巨款"。但多年来我们全方位地在境外监管中得到的经验是，家长不要让"穷家富路"的幌子害了孩子们。俗话说，未成年人的人身安全与家长给零用钱的多少是有着重要的关系，钱越多孩子越不安全，钱越多孩子越管不住，钱越多孩子日久天长了他就可以翻身做家长的"主人"了。所以要管得住孩子，如何给孩子"零花钱"成了一门管理学问。

对接受低年级孩子们的友好家庭，我们要求所有的家庭都有责任和义务管理他们从中国带去的零花钱，下飞机后每个孩子身上只留100加币，在初抵加拿大时买一些日常用品和学习用具，剩余款都要交到加妈手里，加妈要做一个明细的流水账，在孩子回国时将明细账与剩余款如数封袋后交还给中国家长。对于中国学生，我们要求学生花钱要记账，一是为了养成花钱记账的习惯，二是也要在花钱过程中对比一下中国与加拿大同等物品价位的高低，三是懂得钱要计划着花，懂得和加妈伸手要钱的不容易。

对于中国家长，特别是长期留学生的家长，我们更多地希望学生在来加拿大的第一年，学生还不知道如何理财时，他的零花钱您应该每个月定时定量从国内汇款到学生账户上（不要太去计算每次的汇款手续费），因为在每个月给学生汇款前，您至少可以用钱来制约他一下，让他报报上个月的花钱项目，同时让他讲讲他的学习情况，如果他的汇报和我们向您反馈的学习和生活情况不一致时，您完全有理由减少或推迟零花钱的汇款，让他知道不挣钱而大笔花爹妈的钱是很难受的一件事情。时间长了，孩子也就踏实了，不会拿着爹妈的钱在国外大吃大喝，请客购物了，省下这些时间也就能安心学习了，因为主要是没钱了也就没有自由了。我们常讲"钱"永远是我们家长的，我们家长永远都有发言权和发放权，如果在出国前达成这样的协议，我想您也就在这场"海外教育投资"中找到您是"零花钱"主人的位置了！

儿子在家时，基本上没有乱花钱的习惯（也可能因为他还小吧）。无论他想要什么东西，都要先征得大人的同意。当然，这也并不排除他没有花钱的欲望。我们之间，也常常出现过讨价还价的经历。对他的无理要求，我们的态度是坚定的拒绝。

所以，在短短的留学期间，家里给他的有数零花钱，我们是比较放心的。再加上加妈加爸在如何支配零花钱方面的指导，他懂得了购物要比较、要讲究实用、要节省……这也算是一点小小收获吧！

天下没有免费的午餐

周五来电话主要是详细地说明了一下，他被老师"批评"的事情，老师认为他的"单词拼写"成绩下滑，指出他节后不努力复习的原因。在成绩面前他也无话可说，只能自己想办法找原因。在加拿大，从四年级开始就是高年级段了，学习的压力与任务都很重，再加上儿子学校原本学生就不到200人，所以学校要抓教学是非常轻而易举的事情。每个学生唯一要知道的事情就是："不劳"怎么可能"收获"。因为他情绪很低，所以电话中我也没太多地批评他，半夜起来在SKYPE留言给他：你要想成为一个接受过良好教育的人，那些必读的书籍你就必须一页一页地去读；如果未来你要想做出非同一般的科研成果，你就必须老老实实地在实验室里一遍接一遍地做那些在外人看来枯燥无味的实验；你要想具有一些别人所不具备的能力，你就必须一个小时接一个小时地下苦功夫。学习一定是辛苦甚至是痛苦的，没有任何捷径可走。那些最顶尖的加拿大学生和中国学生所需要付出的时间和精力是一样多的，也许加拿大学生可能更多，因为他们所接触的范围更宽更广。

写完后，我在想，那些认为中国学生负担太重，而把孩子送到加拿大读书的家长可能没有意识到，孩子去了加拿大以后，同样会更加辛苦，因为全世界在学习上只有一个标准，首先你的态度是否端正，其次是你是否勤奋。

严格的地理作业

　　昨天，因为地理作业的事情，他又在电话里晴转阴地哭起来。加拿大小学四年级以上的社会课内容非常广泛，包括地理、历史、人文等等内容。这个月社会课主要是研究"南极"，学生按照课程模块完整地学习了南极的地理位置、自然气候、动物植物、当地人民的饮食、穿衣习俗、语言文化，还有当地人民是怎么在恶劣的自然环境下生存及靠近南极的国家有哪些等等。马上月底了，"南极"的课题要做书面论文报告，老师要求学生把每个模块汇总一下，写出自己的学习报告。他的这份作业已经提交了2次，都被老师"无情"地退回重写。

　　第一次，他只是把每个模块的学习笔记汇总整理编序后，就交上去了，老师指出没写自己的评论内容，要求重写。

　　第二次，按照老师的要求，把每个模块的自我感想写上去了。老师又告诉他结构写得不完整。课题论文要求必须作结案陈述才算写完，这样，他又都拿来重写。

　　之前，他已经写了将近5页纸的内容，还是不达标，要求重写第三次。虽然，打电话来抱怨了将近10分钟，但最后，还是表示，"即使晚上10:00才能写完，明天一定要交上去，不然的话，我就会有一次不完成作业的记录"。为了安抚他，我答应，在明天上学前和他先视频，然后他再去上学，这样他的心情好了许多。

　　我实际上太清楚这个作业对他的难度了。虽然，他的英文"听""说"现在完全没有问题了，但是要用英文来写他的论文作业还是不简单的。我和他爸爸半夜爬起来，通过视频看到了他写完的地理作业。他在视频中，首先，自己表扬了一下自己。随后说："妈妈，我写完作业了，而且这个课题作业是我自己独立完成的，在没有加妈和加爸的帮助下，我觉得我很有进步了。"再有不到48小时我们就要在温哥华见面，我听完儿子自己的陈述，我为他能够面对困难，自己渐渐有了成长的勇气而幸福地落泪。

　　对于这样严格的作业要求，我们留学的孩子们都有过不同程度的经历。他们不能逃避，也无法逃避，因为这种对于每一个学生都公平的作业要求，不仅仅让学生系统地掌握了尽量多的知识，而且也磨炼了学生在求知道路上所急需的极大耐心和严谨。一个孩子从小就接受这种严格的作业训练要求、训练过程，可以说，他们会终身受益的。

留学中的孤独与合群

    留学是一个教育通道，在这个通道中行走的学生，可能要比传统教育体制下的孩子更能深切地体会到"孤独"的含义。尤其是那些未成年的孩子，在如何处理与他人交往的问题上，很少有家长给他们讲述过"孤独与合群的问题"。当你自愿选择留学后，你也就选择了一条"孤独"之路。因为在这个留学过程中，学生要做着自己同龄人做不到的事情，所以，只有经历孤独和寂寞这种情感的考验后，才有可能实现你的留学目标。你可要做好思想准备呀！你万不可以一边希望留学，一边又打着国际长途抱怨自己"孤独"。如果你长时间对人际关系过于敏感，那就只能说明这段时间你太无聊了。只有把注意力放在学习目标上，你与大家在沟通学习的过程中，人际关系才会慢慢好起来，千万不要为了人际而人际。

    而在"合群"中，寻找什么样的合群对象与环境，才是至关重要的选择。在中学生的留学过程中，部分学生把上学之外的时间，打发在与更多的同学一起聚会，一起吃喝玩乐上，认为只有这种群体性活动，才能让自己有了在国外的存在感，反之，就觉得自己被全世界抛弃了似的。那种只为寻找存在感而参与群体活动的结果，一定是父母的血汗钱和自己的学习时间都付之东流。因此，学生单纯地以为在"合群"，其实是在浪费青春。

　　我们常和学生讲：你处在"孤独"状态或能忍受"孤独"，并不代表你不合群。我们鉴定一个留学生的"孤独"与"合群"，要看他是否能沉下心来钻研学问，和什么样的人群用什么样的方式交往。

　　目前学生的问题是：爱玩好动的，静不下来；静得下来的，又动不起来。所以如何训练自己将诸多矛盾的状态和谐地调和在一身，但又杂而不乱，是留学生必备的基本功。家长应该最了解自己的孩子，千万别让他们向你哭诉"孤独"与"合群"的问题搞晕了头。一定要多给孩子们这方面的提示和关心啊。

高一难学难考的"planning"课

10多年前，如果你问加拿大的高中留学生，哪一门课最难学？许多学生都会说"加拿大历史"课。因为我们从小对北美的历史知识所涉较少，更多的原因是10多年前学生们的英文水平，没有近几年英文水平高，所以一提到加拿大历史课，大家都挠头。

现在，学校及家长对英语课重视程度提高了，留学生们的整体英文水平也有所提升，"加拿大历史"课不再算是一门"难课"。

然而，加拿大高中课程却在近几年进行了较大的调整，有一门中国学生称"没听过没见过没学过"的"个人计划"的必修课成了大家学习的"老大难"，学生很难通过一次考试就达标。这门课到底学什么呢？加拿大教育开设这门课的意义和目标又是什么呢？

这个课程包括：教育计划；职业发展；健康决策；财务管理。

内容涉及：学习"计划"的制定程序，个人健康知识、心理健康、家庭生活教育、保护儿童不受虐待、预防危险、自我生意识、探索、理财护财等相关知识。

这个课程旨在帮助学生成为独立自主个体所需的能力与自信，促进学生对自我教育的迫切性，以及对未来职业道路规划的思考，这与国内的教育有很大的差别，这门课是高一年级的必修课，往往决定了高二年级学生们的选课，为未来申请大学的专业来进行课程的规划。

这一门课更多体现和强调个人价值和"以人为本"的时代精神，学会自我发掘潜在能力，学会选择、计划、决策、发展生计、适应社会变化和完善自我，为未来进入社会做好准备。

近几年来，留学生由大学、中学（高中和初中）到小学，年龄段越来越宽泛。选择国外学校的余地也越来越丰富。留学生的留学质量也越来越高。这个领域面临的挑战也就越来越激烈。

找对留学中的伴儿

　　每一期前往加拿大微留学的学生和他们的家长，熬过了面试和笔试后，刚刚兴奋还没多久时，就又被拉入到了新一轮的选择中，那就是选择什么的同伴作为未来学习的室友，一起入住友好家庭。是选性格相投的呢？还是选择口语能力相当的？是选择在中国时的同班同学呢？还是希望自己的孩子单独居住？一系列问题迎面而来。

　　以前，听过世青学校李锰老师讲："找友好家庭，实际是找一份缘分的话，那么，找一个室友也是一个缘分。"因为，在这5个月里，这两个人必须像亲兄弟或亲姐妹一样生活在一个家庭里，喜怒悲伤的事皆有可能发生，必须拿出同甘苦和共患难的精神来，才可以一起往前走。我们看过太多的经典组合和失败组合，在这段对于每个学生都记忆犹新的学习旅程中，找位和自己英文能力相当的室友是非常重要的，而且，也是学生首要考虑的因素之一。

　　据我们观察，10岁至14岁之间，口语能力强的孩子一般是性格外向的孩子，所以他们的适应能力和接受挑战的能力都比性格内向的孩子要强一些。如果两个孩子口语能力差异太大，只是为了和加爸加妈沟通时一方能够在语言上多"照顾和帮助"另一方弱者，那么，结果是语言能力弱的孩子无形中就失去了许多交流的机会。因为加妈在与两个孩子聊天时，应对如流的孩子一定是口语能力很强的孩子，反之，能力弱的孩子就有了依赖性，事事都让另一个孩子去说。长久下来，不主动沟通、不主动交流的帽子就会扣在语言能力弱的孩子头上，成为不良循环的开始。

所以，我们在选择留学中互相适合的伴儿的时候，首先考虑的是英文能力的高低，其次才是他们的性格、兴趣爱好、生活习惯等等。恳请家长们理解！毕竟学生在能力相当时，机会也相当！

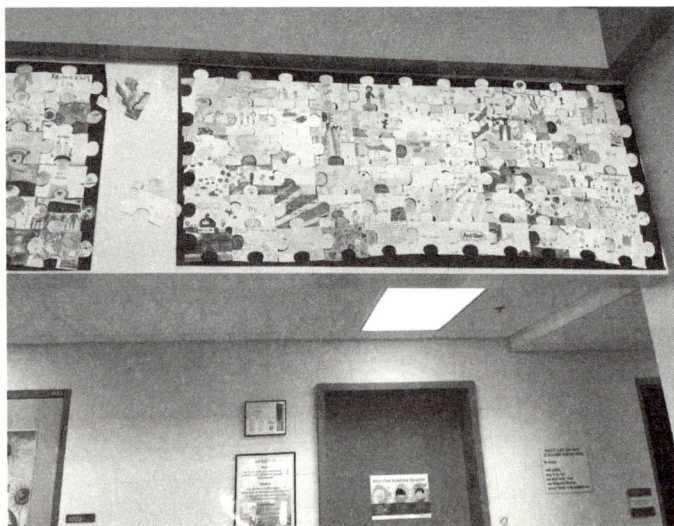

环境带给他的变化

在儿子前往加拿大前，我们三个人开了一个小会，当时我们留给他一个小小课题——"半年后，你有哪些变化。"昨天聊天时，我们又说起这个话题，他对自己英文有很大进步只是一句带过，其他方面的进步自己总结了一箩筐，列数了他交到众多朋友的事情，上到加爸80多岁的爸爸，下至我朋友家只有2岁的儿子和他加妈家只有3岁的妹妹，年龄跨度之大，总是让我们对他能和这么多人交流沟通的能力刮目相看。此处省去他夸大其词和自我表扬的话。

其实看到半年后的他，我一直都在回想过往十几年中，同一个团队中的学生同时出发，同去加拿大读书，半年后他们的个体差异却非常的大。这其中可能有出发前英文程度的不同，性格开朗或内向的不同，在国内的学习习惯、学习方法的不同……半年的留学时间过去以后，从孩子们发展变化上讲，每个人更多的收获是英语之外的各方面能力，而这些能力的重要性远远高于英语水平的提高。尤其值得关注的是他们沟通、表达、实践的能力有了大跨步的提高。这是个老掉牙的话题，有时候也是检验一个人在国外读书的结果，是人影响了环境，还是环境影响了人。这就看谁的能量大了。如果你只是一味强调学校没有同学主动和你玩，友好家庭没有人主动和你交流，人生地不熟。表面上让人觉得是客观问题，实际细分析起来是一个主观问题，原本你沟通的方法就是很被动的，这和出国不出国没有太大的关系，这大部分责任不能太归于环境。

当别人为你创造了一个互相沟通的环境时，你抓住了吗？ 我们在和友好家庭深层的交流中发现，加妈和加爸曾经多次主动地提出了许多活动内容，希望学生积极参与，而我们的学生大多数是处于一种拒绝尝试的状态，甚至说："我不喜欢，我不想去……"在学生的意识里他们并没有觉得"沟通"的大门，在别人几次主动邀约后，被自己的不想尝试，自动关闭掉了。失掉了机会也就是失去了环境。

其实，这个道理也体现在同学之间，我们前往加拿大留学的小学生可以交到许多白人同学和朋友。而到高中才出国留学的孩子，只愿意和中国留学生在一起，很少拥有白人同学和朋友。他们总想让白人同学主动来找自己玩，这根本就是个不现实的问题，再加上有些中国学生体能不够强壮，原本可以通过球类训练和竞赛活动来和白人同学交流的机会，也由于自己的主观原因把机会失掉了。高中留学生"爱面子"和"不好意思"的心理也阻碍他们融入白人同学的活动圈子，自我封闭的心理，必然让自己处于一个自我封闭的环境中，各种能力的提高也就可想而知了。

当然，我们也有大量的留学生，毫不畏惧面对学校、家庭、社会所带来的语言交流的困难，孩子们中有一句话："说错了就改，做错了就改，他们只能说我们聪明，不能说我们笨蛋。"这样的孩子抱着这样的态度去沟通、去适应环境，还有什么学不会、办不到的事情呢！所以，这些孩子们的留学生活丰富多彩，所交的朋友也越来越多。

儿子的留学心得

  2014年8月底，我自己坐上飞机，飞到加拿大，开始了我半年的留学生活。在这半年中，我有过欢乐，我流过泪水，我努力付出，我收获很大。现将留学收获分享给大家：

  首先，做任何事情都要坚持。

  初抵加拿大，一切对我来说都是全新的，我要和加拿大学生一样上课、写作业、活动……起初，因为我的英文不好，听课困难，做作业困难，与别人沟通困难……一切不适应接踵而来。我有些情绪低落。后来，我在老师、同学、加妈加爸的热情关心和耐心帮助下，努力做到上课认真听讲，有听不懂的老师指令，我就观察和模仿同学们的行动。一段时间后，我也可以按照老师的要求去做活动了。我对英文单词的记忆和英文故事书的阅读比国内多了好几倍。因为加拿大老师每天都要严格检查学生这两项学习任务的完成情况，所以我就让加妈在我每天放学后，帮助我听写和阅读英文故事书。一个月后，我的英语单词的成绩有了提高，同时，我也习惯开始阅读纯英文故事书了，看到不会的单词，我就把它们记下来，再用电子词典查出来中文意思。我觉得，老师的教学方式对我的学习方法影响最大。过去是老师"喂多少"，我"吃多少"，现在是自己动手查资料，自己动脑组织材料，然后，大胆地去讲给别人听。

其次，学会守规矩。

加拿大的学校和家庭，都有很多规矩。初期，我常常不能严格要求自己，随心所欲地做一些自己想做的事情，结果常常是触犯了规矩而被老师要求及时改正，同时还要为自己的行为受到惩罚。反反复复好几次后，让我开始懂得，孩子也要为自己的一切行为负责任。友好家庭的规矩又多又严，我从不适应到后来自觉遵守，如今已经变成了一种好习惯。在这短短的留学中，我不仅学会了遵守规则，同时我会在做任何事情前多想一想，是否在学校和家庭要求的范围内。慢慢的，我变得更有礼貌了，也得到了别人的夸奖和尊重。

最后，学会理解、学会宽容。

没来加拿大前，我一直生活在比较简单的家庭中。到了加拿大后，友好家庭是一个大家庭，总计8个人，祖孙三代，所以必须要学会和每个人友好沟通、和平相处。刚来加拿大时，我可不是这个样子，总希望别人先对自己好，干什么事都想争个先，处处希望别人让着我……这样做的结果，给我带来了很多的麻烦。在妈妈和爸爸、加妈和加爸多方面地教导和启发下，我渐渐学会尊敬每个人，学会尽自己的力量帮助人，学会带领弟弟和妹妹一起玩，并去包容弟弟妹妹的过错，学会主动分担加爸和加妈的一些事务……我觉得，我就是这个家庭中真正的一员了。在我10岁生日和过圣诞节时，加妈全家人都送给了我好多礼物，我高兴极了。

我要感谢我的爸爸妈妈，是他们送我去加拿大学习生活了半年。让我收获了许多许多，由原来认为他们太"狠心"了，他们可能"不爱"我了；到今天，认识到他们全都是为了我好，让我学会坚强、学会独立、学会尊重、学会思考、学会努力……我会永远铭记这难忘的留学经历的。

谢谢妈妈帮我整理成文。

后 记

掩卷沉思，内心无比激动与欣慰，我用文字追随经历，用真情阐述道理。为儿子，为广大正在留学或准备留学的学生及他们的家长留下了发自肺腑的箴言。

在国际教育的征程中，尽管每个家庭不同，学生的个性也有差异。但大家都在不断地摸索和寻找着适合自己孩子的教育环境和教育方式。孩子出国留学只是单纯学习英语的想法已经陈旧，多方面的让孩子收获各种经历显得更为重要。既然让孩子选择了这条与众不同的学习途径，家长个人的修行也随之提到了更高层次。所以成长变成了不再是单一的要求孩子，更多时候是家长对教育本质深刻地学习和领悟的过程。

我真心希望，这本书能够帮助家长反思我们角色的定位。我们是否忘记了我们最深刻的爱，让这种爱不再定位于给了儿女多少物质的享受，而是让孩子尽早作为一个坚强独立的个体，从我们的生命中分离出来，去接受他们自己生命的洗礼。我真心希望，这本书能够帮助孩子们，从阅读别人留学的故事中，尽早懂得：无论环境优劣都要适应，无论条件合心无否都不能任性；无论年长年少，都要勤奋；无论钱多钱少，都要节俭；无论有靠无靠，都要自己奋斗，无论何时何地都要学会感恩……其中自由与权利、责任与担当是你一生的争取，任重而道远。

李哲琳

2015年5月于北京